文豪の悪態

BUNGŌ
NO
AKUTAI

Yamaguchi Yoji
山口謠司

朝日新聞出版

はじめに

変な人が、いつのまにか、この世の中から少しずついなくなっていく。

たとえば、大学——ぼくが学生の頃、まだ三十年くらい前は、変な先生たちがたくさんいた。

授業をしながら教室でタバコを吸う、なんて当たり前だった。

授業に来るのもチャイムが鳴って二十九分後、自然休講の直前である。

ゆっくり出席を取り、専門的なことを混ぜてちょっと四方山話《よもやまばなし》をすると、「それでは、あとは自分で調べて、レポートでも書きなさい」と言って帰って行くような先生も少なくなかった。

大腸癌を患い、人工肛門を付けた先生が、会議の時に腹を立て人工肛門の先についている汚物のビニール袋を掴《つか》み取り、壁に向かって投げつけたという話を聞いたこともある。

酒を飲みながらの原書輪読の後には、いきつけの居酒屋での大宴会。

でも、変な先生に質問をすると、本気で専門的な問題の最前線を教えてくれたし、先生よりさらに深い研究をする先生に、さらさらと紹介状を書いてくれたりした。


昨今、みんながまじめになっていく。

今となっては、大学の授業も、チャイムが鳴る時には教員は教室にいなければならないし、チャイムが鳴るまで講義を続けなければならない。

研究室は禁煙、学内への酒類の持ち込みは厳禁。

学生が研究室に入る場合には、あらゆるハラスメントを考慮して研究室のドアを開いていなければならない。

授業のためにシラバスを作り、それに沿った授業が求められる。

こうして、いつのまにか、大学は、自由な研究の場ではなくなってしまったようである。

管理しなければ「変な先生」たちが横行して社会問題を起こしてしまうからなのだろう。そして、大学が、研究の場ではなく、学生の就職をサポートする機関になってしまったからなのだろう。

しかし、それにしても、昔の変な先生たちは、変である分、圧倒的に世界観を変えるような研究をする偉大な学者でもあった。

いずれにせよ、変な人間が、変なままでいられるような社会ではなくなったというのは確かである。

すべてがマニュアル化されて行きつつある。

文豪、あるいは作家という人たちにも、変な人たちが多かった。

森鷗外は、バイ菌がいっぱいだと言って生モノを食べることができず、くだものまでも煮て食していた。

漱石も、いつもイライラで、公衆の面前で、子どもたちを撲《なぐ》ったり蹴ったりしていた。

尾崎紅葉は、人が嫌がるほどに校正に時間を掛けて寝不足になり、寝不足解消のために酒を飲みすぎ、三十五歳の若さで亡くなってしまう。

川端康成は、将棋を指している菊池寛のところにやってくると、何も言わず、ただフクロウのような眼でじっと菊池寛のことを睨み続ける。菊池寛は、堪えきれず、「金か」と、財布の中から札束を取り出して川端に渡していたという。

他にも、文豪たちの悪癖は挙げれば切りがない。芥川は人妻ばかりを追いかけまわし、太宰は覚醒剤を人に売り付けていた等……。


そもそも、だれもが作家とは変な人と思っていたのではないか。

でも、どうやら最近は、作家たちの変な話はほとんど聞かない。

なぜなのだろう――。

書店に行くと、小説の書き方についてのノウハウを記したマニュアル本がズラリと並べられている。

どうすればウケる筋を作れるか、会話はどう書けば感動的になるか、作家への登竜門として何賞を狙えばいいか。

小説家になるのも、今となっては、企業に就職をするのときっと同じことなのだし、変なことをしてしまうと、すぐに叩かれ、小説が売れなくなり生活に困るということになる。

マニュアル通りに、まじめにやるしかない……のである！

しかし、小説もこぢんまりした。


さて、本書では、古き時代の変な文豪たちの悪態を紹介しつつ、彼等が使う語彙のおもしろさなどについて解説した。

文豪たちの悪態、それはつまり彼等の強い個性である。そして彼等が使う語彙も、その個性を離れては存在しない。

言葉が人を創っているとするならば、彼等の変な行動の中で使われる語彙を理解すれば、あるいは彼等の本質に迫ることにもなるのではないか。

そしてさらに、彼等が使った語彙を身につけることができれば、マニュアル化して閉塞化する社会を、爆発的におもしろくすることにも繋がるのではないかと思うのである。

目次

第一章　「馬鹿」「田舎者」

第二章 文豪の嘆きとぼやき

第三章　喧嘩もほどほどに

第四章　その「皮肉」も効いていますね

ブックデザイン　江口修平事務所
イラスト　江口修平

文豪の悪態

本書で掲載されている作品の表記は、読みやすさを考慮して原則、新漢字・拗促音を表す小書き文字に改め、適宜ルビをふりました。また、今日の観点から考慮すべき表現や語句が含まれていますが、作品が発表された当時の時代背景を鑑み、原文のまま掲載しました。

第一章

「馬鹿」「田舎者」

漱石は奥さんを「オタンチン、パレオロガス」とわけの分からぬ言葉でなじるかと思えば弟子を「馬鹿」と奮発させ、紅葉は死の間際に「勉強しなよ」と言い放つ。はては、子規は兆民の苦しみに「平凡浅薄」と詰め寄り、紅葉は時代遅れと言われてしまう。しかし、そういう人の中には、「大なる田舎者」あり。

鷗外先生は、さすがの気配り。諷刺で名をなす斎藤緑雨は、天才女流作家を育てる中に恋心、「ああ助かった」と綱渡り生活の啄木日記。

「オタンチン、パレオロガス」

夏目漱石が、奥さんを――

夏目漱石

文豪の語彙

夏目漱石は、奥さんである鏡子のことを、ふつう、「おい」とか「お前」とか呼んでいたようである。

ただ、時々、どうしようもない怒りが噴き出した時は、「オタンチン、パレオロガス」と呼んだ。

『吾輩は猫である』（『定本 漱石全集 第一巻』岩波書店）のなかでも、苦沙弥先生が夫人のことを、「オタンチン、パレオロガス」と呼ぶ場面がある。

少々長いが引用してみよう。

「山の芋迄持って行ったのか。煮て食う積りか、とろろ汁にする積りか」

「どうする積りか知りません。泥棒の所へ行って聞いて入らっしゃい」

「いくらするか」

「山の芋のねだん迄は知りません」

「そんなら十二円五十銭位にして置こう」

「馬鹿々々しいじゃありませんか、いくら久留米から掘って来たって山の芋が十二円五十銭して堪《た》まるもんですか」

「然し御前は知らんと云うじゃないか」

「知りませんわ、知りませんが十二円五十銭なんて法外ですもの」

「知らんけれども十二円五十銭は法外だとは何だ。まるで論理に合わん。夫《それ》だから貴様はオタンチン、パレオロガスだと云うんだ」

「何ですって」

「オタンチン、パレオロガスだよ」

「何です其《その》オタンチン、パレオロガスって云うのは」

「何でもいい。夫からあとは――俺の着物は一向出て来んじゃないか」

「あとは何《どう》でも宜《よ》う御座んす。オタンチン、パレオロガスの意味を聞かして頂戴」

「意味も何もあるもんか」

「教えて下すってもいいじゃありませんか、あなたは余ッ程私を馬鹿にして入らっしゃるのね。屹度《きっと》人が英語を知らないと思って悪口を仰《おっし》ゃったんだよ」

「愚《ぐ》な事を言わんで、早くあとを云うが好い。早く告訴をせんと品物が返らんぞ」

「どうせ今から告訴をしたって間に合いやしません。夫よりか、オタンチン、パレオロガスを教えて頂戴」

「うるさい女だな、意味も何にも無いと云うに」
「そんなら、品物の方もあとはありません」
「頑愚《がんぐ》だな。それでは勝手にするがいい。俺はもう盗難告訴を書いてやらんから」

「オタンチン、パレオロガス」は、一部の書物などでは東ローマ帝国最後の皇帝であると記されているものもあるが、もちろん嘘である。

パレオロガス（Palaiologos）という姓の皇帝はもちろんいたが、オタンチンという名を持つ人はいない。

「おたんちん」は、江戸時代後期、吉原で「のろま」とか「まぬけ」などという意味で使われた罵詈《ばり》である。これから派生して「おたんこなす」などという言葉も生まれた。

漱石は、この「おたんちん」と「パレオロガス」をくっつけて、「オタンチン、パレオロガス」という造語を作ったのである。

ところで、この引用の中に出て来る「山の芋」とは、「山芋」とも言われるが、「山の芋が鰻になる」という言葉が下敷きにある。

本来、「いくら山芋が鰻のように細くて黒っぽいとはいえ、山芋が鰻になるなんてあり得ない」という意味から「あるはずのないことが時には起こってしまう」という意味に変化し、さらに「身分の低い者が急に出世すること」の喩《たと》えとして使われた。

山芋の値段を法外に高く盗難告訴状に書くのは、「ありえないほどの山芋の出世」なのである。

それにしても、鏡子を「オタンチン、パレオロガス！」と罵《ののし》る時には、漱石は、どんな顔をしていたのだろうか。

あの髭《ひげ》で、真っ赤な顔で、両手を腰のところに当て、「この、オオオオオオオオオタンチン、パッパパパパパパパレオロガス!!」と大声を出す漱石を想像すると、噴き出してしまいそうである。

夏目漱石（一八六七～一九一六）

夏目鏡子（一八七七～一九六三）

夏目漱石は江戸牛込馬場下横町（現・東京都新宿区喜久井町）に五男三女の末子として生まれる。庚申の晩に生まれると大泥棒になるという俗信があり、厄除けに「金之助」と命名された。

父は旧幕府世襲制の行政・警察官である町方名主であった。ただ、江戸も末期になると家運は衰退し、金之助の出生は歓迎されず、生後まもなく古道具屋（一説に八百屋）に里子にだされる。すぐに姉が連れ戻すが、一歳の時、改めて塩原昌之助・やす夫婦のもとに養子にやられる。

明治二十一（一八八八）年、第一高等中学校本科一部に進学し、正岡子規に刺激されて紀行漢詩文集『木屑録』を書き、子規に激賞される。

明治二十三（一八九〇）年帝国大学文科大学英文学科に入学。ただちに文部省貸費生となり、翌年には成績優秀であることから特待生となって授業料を免除された。

明治二十八（一八九五）年、四国の松山中学に英語の教師として赴任、また翌年には熊本の第五高等学校の教授に就任する。

貴族院書記官長・中根重一の長女である鏡子と結婚したのは、熊本に引っ越してまもなくのことである。漱石より十歳年下の鏡子にとって、熊本での漱石との生活は、バラ色の新婚生活からはほど遠いものだった。

結婚の翌年、流産をしたのが原因で鏡子はヒステリー気味になり、その翌年、近所の川に投身を企てる事件を起こす。

明治三十三（一九〇〇）年、漱石は文部省から二年間、英語研究のための留学を命じられるが、ロンドンで神経症に罹《かか》り、明治三十六（一九〇三）年一月に帰国する。

東京帝国大学講師・第一高等学校の講師となるが、高浜虚子の勧めで雑誌「ホトトギス」に『吾輩は猫である』の第一回を発表。これが大評判となり、次々に小説を執筆する。

明治四十（一九〇七）年四月、すべての教職を捨てて、東京朝日新聞社に入社。

十年に及んで、小説を執筆する。

大正五（一九一六）年十二月九日、胃潰瘍によって永眠する。

鏡子との間には、二男五女をもうけている。

長女・筆子の夫で漱石の弟子でもあった松岡譲が聞き書きをしたものに、夏目鏡子述『漱石の思ひ出』がある。

「馬鹿！」

夏目漱石が小栗風葉に——

夏目漱石

文豪の語彙

「馬鹿！」

（中略）

「私はぎょっとしてしまった。先生に叱られたからでも、怒鳴られたからでもない。それよりも、先生のその声が如何にも陰惨な、何とも形容の出来ない——もし云うことを許されるならば、人間の声とも思われないような、惻《いた》ましい声に聞えたからである」


（巌谷大四『物語大正文壇史』文藝春秋）


「惻ましい声」にも聞こえた漱石の「馬鹿！」という怒鳴り声。

「惻」という漢字は、今となってはほとんど使われない。しかし漱石くらいまでは、『孟子』の「惻隠《そくいん》の心」という言葉で、皆が知る漢字だった。

「惻」とは、「ヒシヒシと心に迫ること」を言う。したがって「惻隠の心」とは相手のことをいたわしく思う気持ちで、『孟子』には「惻隠の心は、仁の端《はじめ》なり」と使われる。つまり、「相手の立場になって考えることこそ、孔子が言う『仁』というものを理解する端緒なのだ」ということになる。

漱石の「馬鹿！」も、ただの怒りではない。

それにしても、どうして、漱石は小栗風葉を「馬鹿！」と怒ったのだろうか。

森田草平は、漱石先生のところに行こうとして牛込矢来下まで来ると、小栗風葉とばったり遇《あ》った。

大正二（一九一三）年の秋のある日のことである。

森田は風葉より六歳下であるが、明治四十二（一九〇九）年に平塚らいてうとの心中未遂事件を題材にした『煤煙《ばいえん》』を書いて知らない者はいないほどの作家になっていた。

これに対して、小栗風葉は、尾崎紅葉の弟子としてたくさんの短編、中編を書き、明治四十年頃までは人気のある佳作を作り続けたが、次第に、息切れがするように小説の質は下がっていた。

そういう理由もあったのか、実家に近い豊橋市花田町に新居を作って隠棲《いんせい》していたのだった。

たまたま用事があって、上京したという風葉は、これから漱石先生のところに行くと言う森田に、「是非一度夏目さんに紹介して貰いたい」と言う。

森田は、「それじゃ、すぐに！」と言うのだが、風葉は遠慮をして「ちょうど、夕食の時間だから……どこかで飯でも食ってから」と言う。

これが、間違いのもとになる！

榎町の鰻屋に入って、二人は、当然のごとく酒を飲み始める。

一本が二本、二本がいつのまにか六本となり、二人ともへべれけになってしまうのだ。

「今日はもう酩酊《めいてい》したから、また別の機会に」と、風葉は言うが、森田は、すぐそばだし、漱石先生は酩酊していることなんか気にしないよ、なんてことを言ったのだろう……どかどかと漱石先生の家に上がり込んで、小栗風葉を紹介したのだった。

漱石先生は、この時、「朝日新聞」に『行人』を連載し終わったばかりで、ホッとしながらも疲れ切っているところだった。

飲んで夜中にやってきた二人に不機嫌な漱石。

ところが、風葉はそんな漱石に、ふんぞり返って「いよオ、夏目君！」「天下語るに足るものは貴公と余あるのみじゃ」と言ったのだった。

漱石は、こういう台詞《せりふ》が大嫌いだった。

「馬鹿！」と漱石が怒鳴ったのはこの時だった。

二人は、這々《ほうほう》の体で夏目家から退散した。

そして二人は何も言わずに停車場で別れてしまう。

豊橋に帰った風葉は、漱石に宛てて丁寧なお詫びの手紙を送っている。


さて、漱石が言う「馬鹿」として、有名な一句がある。

「精神的に向上心がないものは馬鹿だ」

これは、『こころ』で、Kが言う台詞である。

あるいは、この「馬鹿!」も、風葉の文学者としての凋落を見た漱石の、惻隠の心から出た言葉だったのかもしれない。

小栗風葉(一八七五〜一九二六)
愛知県知多郡半田村(現・半田市)に生まれる。知多郡高等小学校衣ケ浦学校に在学中、教師の影響で文学に目覚める。
明治二十三(一八九〇)年上京。尾崎紅葉の「読売新聞」連載小説『むき玉子』を読んで私淑し、『水の流』が雑誌「千紫万紅」に掲載されたのを切っ掛けに、尾崎紅葉に面会し、門人となることを許される。

以後、紅葉の指導の下、『寝白粉』『亀甲鶴』を発表する。『亀甲鶴』は、幸田露伴の激賞を得た出世作で、『十七八』『三日判事』『前後不覚』などを書いて文壇における不動の位置を得た。紅葉門下、四天王のひとりとして、泉鏡花に次いで文壇に認められた。

現在ではほとんど読まれなくなったが、『青春』（明治三十八・三十九年刊）は、当時の空気をさながらに伝える作品である。

「勉強しなよ」

尾崎紅葉が泉鏡花に――

泉鏡花

尾崎紅葉

文豪の語彙

明治三十六年十月、紅葉先生おん病篤くして、門生かわるがわる夜伽《よとぎ》に参る。月の中旬《なかば》、夜半に霜おく蓑虫のなく声、幽《かすか》に更けて、露寒きしらしらあけに、先生は、衾《ふすま》高く、其の枕辺につい居しに、

「……来月から国民（新聞）に載るそうだが、勉強しな。——時にいくらだ。

——一両出すか。」

「いいえ、もう些《ちっ》とです。」

「五十銭も寄越すか。」

「もう少々。」

「二両かい。」

「先生、もう些と……」

「二両二分——三両だと。……ありがたく思え。」床ずれの背を衾の袖にお凭《よ》りになり、顔をしずと見たまいて、「勉強しなよ。」

（『明治大正文学全集 第十二巻』春陽堂、泉鏡花「風流線」小解）

「勉強」という言葉は、我が国では「学問に励むこと」また時に「商人が品物を安く売ること」

という意味で使われる。

しかし、本来、中国の古典ではそういう意味では使われない。

「或いは勉強して之を行う」と『中庸』に書かれるが、これは「困難なことでも無理にがんばってやること」を言う。

「勉」という漢字は、もともと「分娩」の「娩」と意味を共有する「免」という字で書かれていた。

これは、女性が、狭い産道から無理にがんばって子どもを産むという意味である。分娩は女性にしかできないことであったので「女」偏がつけられたが、同じように「力」を込めて、無理だと思われることでも、やっていくというので「勉」という漢字が作られた。

これに「強いる」の意味を持つ「強」が付き、困難なことでも強いてがんばって行うという意味の熟語「勉強」ができた。

そう考えると、尾崎紅葉が、泉鏡花に言う「勉強しな」という言葉は、ただただ「学問に励む」というだけではない、「困難なこともあろうが、強いてがんばれよ！」と言っている言葉のようにも聞こえないだろうか。

金沢からやってきた泉鏡花は、明治二十四（一八九一）年十月、神楽坂にあった尾崎紅葉の家を訪ね、門人になることを許され、翌日から玄関番をすることになった。

じつは、鏡花としてみれば、すぐに門人にしてもらうなんて考えておらず、売れっ子作家の紅葉をひと目見れば十分だと思っていたのだった。

この時、鏡花は十八歳、紅葉は二十三歳だった。

紅葉が鏡花に言った。

「お前も小説に見込まれたな！」

紅葉は、弟子の面倒をよく見た。

たとえば、小栗風葉も紅葉の弟子のひとりだった。

風葉は、はじめ、二十歳で紅葉の家に書生として住み込み、小説の弟子となった。

風葉は徴兵検査の紙が来て、故郷の愛知県知多郡半田町（現・半田市）に帰らざるを得なくなる。親は、風葉が小説家になるなんてことなら上京は許さないと言った。この時、紅葉は、「三年のうちにはきっと一人前になる。小栗家の名誉にもなるし、自分がそれまでは生活の世話をする」という手紙を小栗の親に書いて、風葉を小説家として育てたのだった。

さて、鏡花は、紅葉のところに弟子入りを許されてからまもなく『両島蛇《りょうとうじゃ》』という短編を書いている。

この時、誤字や嘘字があまりに多かったため、紅葉がそれをすべて直し、批評を書いて、鏡花に渡している。

「評曰く、立案凡ならず。文章亦老手の如し。小蛇已に龍気の顕然たるものあるに似たり。予、数年諸子の小説を閲《けみ》す。未だ嘗て如斯《かくのごとき》を見ず。子はそれ我等掌中の珠か、乞う自重せよ」(『明治大正文学全集 第十二巻』「風流線」小解)

鏡花は、紅葉の使い走り、庭掃除、入浴のお供をして背中を流すなどして、毎月五十銭の小遣いをもらっていた。

今のお金にすれば、五千円くらいである。

紅葉の家に住み込みで、家賃や食事代は掛からなかったから、苦しい生活とも言えなかったし、小説の書き方を教えてくれる紅葉の側にいてさまざまなことを手取り足取り教えてもらうことは、とても幸せなことだった。

鏡花二十一歳、明治二十六(一八九三)年五月、紅葉の世話で、京都の「日出新聞」に『冠《かんむり》弥左衛門《やざえもん》』という歴史小説を発表した。

「日出新聞」にいた巌谷小波は、紅葉の弟子で、小波は、おもしろくないから載せない方がいいのではないかと紅葉に言うのだが、鏡花のためにと敢えてこの一篇を掲載させるのである。

また、明治二十七（一八九四）年には、「読売新聞」に『義血俠血《ぎけつきょうけつ》』を発表する。これは、鏡花が書いたものを、丁寧に紅葉が直したものである。

紅葉は、鏡花の原稿を巻物状に貼り付け、その上から同じ大きさの紙を貼り付けて直したものを鏡花に与えている。

そして、この原稿に、手紙を添えて、「汝の脳は金剛石である。汝は天下の大富人である。少年物は売れ口があるから、推敲した原稿を送るがよい」と記すのだ。

この頃、鏡花は、父親を喪《うしな》い、弟の斜汀《しゃてい》と祖母の面倒を看なくてはならず、窮乏して自殺さえ考えていた。

こうしたことから約十年、鏡花は作家として大きく成長した。

そして、紅葉は、胃癌に冒され、連日モルヒネを打って苦痛を逃れながら死を待つばかりとなっていた。

そして、自分より高い原稿料をもらうようになった鏡花に対して、嬉しくもあり、しかし弟子に越されたという悔しさに満ちた思いで、鏡花に原稿料の値段を訊くのである。

「二両二分——三両だと。ありがたく思え」

……そして、鏡花を見て、紅葉は、「勉強しなよ」としか言えないのである。

文芸評論家の勝本清一郎の談話に次のようなものがある（『近代文学ノート3』みすず書房）。

鏡花が全集を出すほどに有名になってからのこと、紅葉の遺族が経済的に困窮して、紅葉の日記や書留帳を買ってくれと、鏡花のところにお願いに行ったところ、鏡花は次のように言って丁寧に断ったという。

「私はまだ先生の御遺品を持てるような身分ではございません。ひらにひらに」

紅葉夫人は、皮肉な鏡花の態度に悲憤の涙を流したという。

鏡花は、紅葉に感謝と尊敬の念を抱くと同時に、怨みのようなものも抱いていた。

そのひとつが、鏡花が同棲をした伊藤すずという芸妓と別れさせられたことだった。

この時、紅葉は、「女と別れるか、それとも師弟の道を捨てるか」と詰め寄った。

しかし、このことはともかく、小栗風葉にしても鏡花にしても、紅葉は弟子を育てるためにとは言え、小言を言い、自分の身の周りの世話をさせるなどして、弟子を奴隷のように使っている。鏡花としてみれば、紅葉の遺品を買うことは、過去の嫌な出来事を思い出させることでもあったに違いない。

尾崎紅葉（一八六八〜一九〇三）

小説家・俳人（筆者ひとこと——紅葉の俳句は、子規のものと違ってなんとも言えない可愛らしさが滲んで、私は大好きなのですが、残念ながらあまり評価されていません）。父親は牙彫の名人だったが、幇間をやっていた。緋縮緬の羽織を着て花街に出没したので「赤羽織の谷斎」と呼ばれたという。紅葉はこの父を恥じて、死ぬまで父親のことを口にしなかった。

東京府第二中学に二級年上の山田美妙と出会い、東京大学予備門に在学中、今度は一級後輩として同じく山田美妙が入学する。これが縁で「硯友社」を創立し、文筆を研鑽する。

江戸末の漢学者・岡千仞《おかせんじん》に漢学を、石川鴻斎に漢詩を習い、古文にはもちろん英語にも堪能だった紅葉は、明治十八（一八八五）年、山田美妙、石橋思案、丸岡九華らとともに近代文学史上初めての同人誌「我楽多文庫」を発刊した。帝国大学法科大学政治学科に入学するも翌年文科大学国文学科に転科、翌年退学する。すでに国文学科に転科した年、読売新聞社に入社して、小説『三人妻』などが高い評価を受けた。また、幸田露伴とともに「紅露時代」と呼ばれる文壇の重鎮として、江戸から近代文学への橋渡しに大きな足跡を残した。

泉鏡花、小栗風葉、柳川春葉、徳田秋声、我が国初の女性ロシア文学者である瀬沼夏葉などを育て、明治三十六（一九〇三）年十月三十日、胃癌のため他界する。

泉鏡花（一八七三〜一九三九）

金沢市下新町生まれ。父方の祖父庄助は裁縫師で足袋屋を営んでいたが、父親は名人と言われた彫工であった。母親・鈴は江戸下谷の生まれで、葛野《かどの》流大鼓の家、中田氏の娘。鈴の祖父・中田万三郎は、前田侯の御手役者であった。

九歳の時に、母と死別。

第四高等中学校（現・金沢大学）に入学を希望するが、数学の成績があまりにも悪すぎるというので叶わず、進学を諦める。この時、尾崎紅葉の『二人比丘尼色懺悔』『夏痩』を読み、紅葉に入門することを願って上京する。三年余の間、紅葉の家に寄食を許され、以降小説を発表する。

紅葉の門下として発表した『夜行巡査』『外科室』などは観念小説であるが、艶麗幽美な独特の文体で『高野聖』などの神秘的な文学を著すようになる。

書かれた作品は三百有余篇と言われ、尾崎紅葉に言われたように、鏡花は「勉強」して出藍の誉れをした作家だったと言えよう。

「平凡浅薄」

中江兆民『一年有半』に正岡子規が――

正岡子規

中江兆民

文豪の語彙

「平凡浅薄」は、正岡子規『命のあまり』にある。明治三十四（一九〇一）年十一月二十日付「日本」に掲載された。

「平凡」という言葉は、我が国では明治時代になって盛んに使われるようになる。たとえば二葉亭四迷の自伝小説『平凡』、またそれ以前には中村正直が訳したサミュエル・スマイルズの『西国立志編』に見られる「平凡なる資質の人にて為し得らるる事なり」などである。

しかし、この言葉は、宋代の学者・朱子（一一三〇〜一二〇〇）の『斎居感興詩《せいきょかんきょうし》』の序文に使ったのが初めてである。

初唐の詩人・陳子昂《ちんすごう》の感遇詩の素晴らしさに倣って自分も詩を書いたものの、「顧《おも》うに思致平凡、筆力萎弱を以て、竟《つい》に就《つ》く能《あた》わず（考えてみれば、自分の思考は平凡で、筆力は弱く、結局、陳子昂の境地にまで達することはできなかった）」というのである。

「平」は「まったく特徴がないこと」を表す。また「凡」は「大きな布で覆って、とくにそこからはみ出す物がないようにすること」、つまり「全体をおしなべて平均にすること」を意味する。

「平凡」を「ありきたり」という意味で使うのは間違いではないが、どちらかと言えば、「全体として特筆すべき特徴がない」ということを意味する。

「死ぬのはいつも他人ばかり」と言ったのは、マルセル・デュシャンである。

はたして、兆民の死に対する筆を、子規はどんなふうに「平凡浅薄」と受け取ったのだろうか。

フランスの哲学者ジャン・ジャック・ルソーの『社会契約論』を訳（分訳）し、「東洋のルソー」と言われた中江兆民は、自由民権運動の旗幟《きし》として五十四年の生涯を疾風のように駆け抜けて死んだ。

死因は喉頭癌（死後の解剖の結果、食道癌と判明）。明治三十四（一九〇一）年十二月十三日のことだった。

兆民が、喉に異常を感じたのは、亡くなるほぼ一年前、明治三十三（一九〇〇）年十一月だった。しきりに咳が出るので、医者に診てもらうと、喉頭カタルであるという。命に関わる病気ではない。

ところが、日が経つにつれ、喉の痛みが出、呼吸もままならなくなってしまう。

兆民は、大阪の医者に掛かり、気管切開の手術を受けた。この時には癌で、余命一年半と宣告される。

兆民は言う。「余は高々五六ヶ月ならんと思いしに、一年とは余の為めには寿命の豊年なり」

(中江兆民『一年有半』)

五六ヶ月で死ぬだろうと覚悟をしていたが、一年余りも猶予があるとは! と言って兆民が書いたのが『一年有半』という原稿だった。

兆民は、全身に転移した癌と闘いながら、『一年有半』の第一部を明治三十四年七月十一日に、第二部を七月十八日に、そして第三部を八月三日に書き上げた。

そして、九月三日、博文館から出版された『一年有半』は、一年で、なんと二十万部の増刷に達したという。

九月十日、兆民は大阪から東京の自宅に戻ると、まもなく東京帝国大学医科大学の岡田和一郎に往診を願った。

岡田は、兆民に余命いくばくもないと告げる。

兆民は、再び筆を執り、『続一年有半』の原稿を二十日余りで書き上げる。

『一年有半』の執筆を手伝った弟子・幸徳秋水は、この頃の兆民の状態を次のように記している。

「嗚呼食喉を下らず、口言う能わず、身仰臥する能わず、横臥する能わず、枕を擁して俯伏《うつぶせ》する者半歳の久しきに及び、二六時中疼痛間断なく、僅に麻痺剤を服して以て眠を誘う」(『兆民先生』)

明治三十四年十二月十五日付「朝日新聞」には、次のような訃報広告が掲載された。

中江篤介儀本日死去致候に付此段為御知申上候也
明治三十四年十二月十三日
男　中江丑吉
親戚　浅川範彦
遺言に依り一切宗教上の儀式を用いず候に付来る十七日午前九時小石川区武島町廿七番地自宅出棺青山葬儀場に於て知己友人相会し告別式執行致候間此段為告候也
友人　板垣退助　大石正巳

さて、病名こそ違え、兆民と同じく病に伏せて身動きできなかった正岡子規は、『一年有半』を読み、「評は一言で尽きる。平凡浅薄」と評するのだ。そして記す。「病気の上に於ては予の方が慥《たしか》に先輩である」

「一年半、諸君は短促なりと曰わん。余は極て悠久なりと曰う。若し短と曰わんと欲せば、十年も短なり、五十年も短なり、百年も短なり。夫れ生時限り有りて死後限り無し。限り有るを以て限り無きに比す短には非ざる也、始より無き也。若し為す有りて且つ楽むに於ては、一年半是れ優に利用するに足らずや。嗚呼所謂一年半も無也、五十年百年も無也。即ち我儕は是れ、虚無海上一虚舟」(『一年有半』)

こんな兆民の感傷的な文章を読めば、子規でなくても、あるいは「平凡浅薄」と評することも、肯けないわけではない。

子規の『一年有半』に対する批評『命のあまり』は、新聞「日本」に掲載された。

子規が肺結核に罹ったのは明治二十二(一八八九)年、二十二歳の時だった。

それから、明治二十九(一八九六)年の春頃から歩行が困難になり、根岸の家に仰臥して執筆を続ける生活になる。

亡くなったのは、兆民の死の翌年、明治三十五(一九〇二)年九月十九日のことだった。

ともかく斜《はす》かいになった身体を真直に直さねばならない。静かに枕元へにじり寄られたお

ばさんは、さも思いきってというような表情で、左り向きにぐったり傾いている肩を起しにかかって

「サア、も一遍痛いというてお見」

可なり強い調子で言われた。何だかギョッと水を浴びたような気がした。おばさんの眼からは、ポタポタ雫が落ちていた。

（河東碧梧桐『子規の回想』）

ここで「おばさん」と呼ばれているのは、子規の母親である。死んだ子規の身体を真っ直ぐにしようとして、「もう一度、痛いと言っておくれ」と涙を流すのである。

兆民と子規、命の重みを天秤に掛けることはできないが、病に冒されて動けなくなっても筆を執って、新しい時代を切り拓いていった人がいたのである。

中江兆民（一八四七〜一九〇一）

土佐国高知城下山田町（現・高知市はりまや町三丁目）に足軽の長男として生まれる。文久二（一八六二）年に藩校・文武館に入門し、漢学、外国語を学ぶ。慶応元（一八六五）年九月より長崎留学、フランス語を学ぶ。慶応三（一八六七）年江戸に移り、村上英俊の達理堂、横浜天主堂でフランス語を磨く。明治四（一八七一）年、岩倉使節団の一人としてフランスに渡り、パリ、リヨンで哲学、文学を学んだ。

帰国後、東京外語学校長や元老院に勤めるが、仏蘭西学舎（後に「仏学塾」）の開設、「東洋自由新聞」の創刊によってフランスの民権思想を我が国に広めることを目的として奔走した。「自由新聞」社説掛、「東雲新聞」「民権新聞」などで主筆を務め、多才な活動を行った。弟子に幸徳秋水がある。

正岡子規（一八六七〜一九〇二）

伊予国温泉郡藤原新町（現・愛媛県松山市花園町）に、松山藩士の長男として生まれた。東京大学予備門（のちの第一高等中学校）の時に、夏目漱石、南方熊楠、山田美妙らと知り合う。帝国大学文科大学哲学科に進学するも、翌年には国文学科に転科し、まもなく中退。

明治二十五（一八九二）年に陸羯南が経営する日本新聞社に入社し、俳句革新運動を行う。明治二十八（一八九五）年、日清戦争に従軍したが、帰国の途上で喀血する。

雑誌「ホトトギス」を創刊、病床で指導に当たる。門弟に、高浜虚子、河東碧梧桐、伊藤左千夫、長塚節などがある。句集『寒山落木』、歌集『竹乃里歌』、俳論『俳諧大要』、歌論『歌よみに与ふる書』、日記『仰臥漫録』などがある。

「紅葉はもう想が枯れた」

宮崎湖処子が尾崎紅葉に――

尾崎紅葉

宮崎湖処子

文豪の語彙

「もう紅葉でもあるまい」こういうものもあれば、「紅葉はもう想が枯れた。材料がなくなった。その証拠には、此頃書くものは、皆な外国の通俗小説から翻案して来たものばかりじゃないか」こんなことを言うものもあった。

（田山録弥〈花袋〉『近代の小説』）

「想」とは、向こう側にある対象を、心の目で見ることを意味する。漢字の部分で言えば「木」が「対象」となるが、「木」は季節によって新芽を吹いたり、青々と繁ったり、実を付けたり、枯れたりする。その様子を、実際に「木」を見なくても、どうなったかなぁと思うことなのである。「想が枯れる」というのは、今なら「イマジネーションの欠如」と言われるものであろう。作家のみならず、クリエイターにとってこれほどの罵詈はない。

尾崎紅葉と言えば『金色夜叉』、『金色夜叉』と言えば尾崎紅葉というほど、つい三十年くらい前までは言われていたのが、ついに「尾崎紅葉」という文豪の名前は、ほぼ忘れられてしまった。

大学生に訊いても、そんな人知らないという。名前を聞いたことがあるという人がいても、作品を読んだことはないという。

近くの大型書店で買えたのは岩波文庫の『三人妻』と『金色夜叉』下巻だけ（店員さんに訊くと「上巻は、売れると補充するのだけど、下巻はずっと売れません」とのこと）。新潮文庫の『金色夜叉』（二〇〇四年改版、二〇一七年発行）は「一冊本なので、これは時々、たまに、売れます」と店員さんが言う——奥付を見ると、なんと五十刷！

しかし、文庫で『多情多恨』などもあったようなのが、「棚で見かけたことはありません」と店員さんが教えてくれる。

そう、もう、だれも紅葉などは読まないのだ！

二〇一七年は、漱石生誕百五十周年として、漱石の旧宅が漱石山房記念館として整備されたり、「朝日新聞」では漱石が連載した作品の数々を、当時の紙面で再現して連載したりしたのに、と思う。

二〇一八年は紅葉生誕百五十周年だった。にもかかわらず、日本近代文学館も、紅葉が好きで暮らした神楽坂周辺でも、また新宿区でも、紅葉を顕彰するようなことは何もやろうとはしてくれない。

あぁ、哀しいかな、紅葉先生！

そう、私は、紅葉が大好きなのである！

しかし、生前から、紅葉は、いろいろな人に悪口を言われてきた。

紅葉の書く物は、「洋装した元禄文学」などである！


紅葉は漱石より年がひとつ下だった。ほとんどちょうど一歳年下だった。

参考までに挙げておくと、

漱石　慶応三年一月五日生（太陽暦　一八六七年二月九日）
紅葉　慶応三年十二月十六日生（太陽暦　一八六八年一月十日）

紅葉の文壇デビューは早かった。

明治二十二（一八八九）年に書いた『二人比丘尼色懺悔』で、二十一歳の紅葉は、一躍ベストセラー作家として脚光を浴びる。

金沢にいた泉鏡花は、これを読んで、作家を志し、紅葉に弟子入りしたいと言って上京したくらいである。

その後、『三人妻』や『裸美人』『恋の病』『隣の女』『多情多恨』などを「読売新聞」紙上に発表するが、どれもが人の心を捉え、明日の新聞を楽しみにするほどの人気を得るのである。

はたして、紅葉の文学の地平線をグッと広げる代表作『金色夜叉』が生まれ、これが川上音二郎らの新派劇で演じられると、さらに紅葉の名声は上がって行く。

しかし、……突然、明治三十六（一九〇三）年の秋十月三十日、紅葉は、胃癌で急死する。享年三十五歳。漱石の文壇デビュー一年余り前のことだった。

さて、田山花袋は、尾崎紅葉の作品について、次のように言う。

「かれの小説は、文章の巧いのと、筋の巧みなのと、人情的なのと、場当りの多いのと、色彩の濃かなのとで、多くの人に愛読されたけれども、もっと骨を折らなければならないところ、即ち深い心理とか、魂の動揺するようなところとか、そういう本当の、第一義的のところには、決して指を染めなかったのである。否、その深く入って行かずに、低級に人情的に留っていたところにかれの評判はあったと言っても好いくらいであったのである。

しかしかれはそこに気がついていないのではなかった。また次第に時代の移りつつあるのにも心を痛めていないのではなかった」（『近代の小説』）

これは、当時のオピニオンリーダーのトップであった雑誌「国民之友」（社主：徳富蘇峰）の文芸批評を担当していた宮崎湖処子が「もう紅葉でもあるまい。紅葉はもう想が枯れた。材料がなくなった。その証拠には、此頃書くものは、皆な外国の通俗小説から翻案して来たものばかりじゃないか」と紅葉を罵った言葉とほとんど同じ意味である。

若くしてデビューした紅葉には、残念ながら、次の時代を乗り越えて行く力が足りなかったのだった。

『金色夜叉』も、じつは、英語で書かれたバーサ・クレイの『女より弱き者』（堀啓子訳、南雲堂フェニックス）という小説を下敷きにした翻案小説であることが指摘されている。

紅葉を越えた文学――まさに、それこそ漱石だった。

漱石もデビュー作『吾輩は猫である』が、ドイツの作家ホフマンが書いた『牡猫ムルの人生観』からの盗作だった。

しかし、漱石は、そこから出発して、漱石以外には誰にも書けない前期三部作、後期三部作などを完成させる。

紅葉をしてあと十年の年月を与え、漱石と切磋琢磨する機会があったとしたら、と紅葉を愛読する私は、思うのである。

宮崎湖処子（八百吉）（一八六四〜一九二二）

筑前・三奈木（現・福岡県朝倉市）出身の文芸評論家・翻訳家・小説家。明治二十（一八八七）年、東京専門学校（現・早稲田大学）を卒業。『日本情交之変遷』『宇宙ト人生——精神科学』などで知られるが、『旧約聖書物語』（翻訳）他、『基督教大系』『バイブルの神の罪悪』など、キリスト教関係の書物を多く物している。徳富蘇峰の「国民之友」で文芸社会批評などを行っているのも、こうしたキリスト教の関係であった。浪漫主義の先駆的存在として知られている。

「実に大なる田舎者である」

生田長江が田山花袋に――

田山花袋

生田長江

文豪の語彙

氏は実に大なる田舎者である。田舎に生れたと云う丈《だ》けの人でない。一切の長所と短所とは其処から出て来る。

（生田長江『田山花袋氏を論ず』）

「いなかもの」と罵る言葉は、平安時代からあった。『枕草子』には「卑しげなるもの」として、「遣戸《やりど》、厨子《ずし》、いずれも田舎物はいやしげなり」（能因本枕草子）と記される。「いやしい」は、「下品、さもしい、がつがつしている、みすぼらしい、まずしい、けちくさい」ということを包括していう言葉で「尊い」「雅」の反対語である。

栃木県邑楽郡館林町（現・群馬県館林市）出身の田山花袋を、鳥取県日野郡貝原村（現・日野町貝原）出身の生田長江が「田舎者」と呼ぶのはどうかと思うが、花袋の好きも悪しきもここから出ているというのなら、花袋の田舎者加減はどこにあるのか。

田山花袋といえば、『蒲団』である。

ほかにも、たくさん、名作を花袋は書いているが、でも、やっぱり花袋といえば多くの人が『蒲団』を思い浮かべる。

高校の時、日本文学史を教えた先生のことを思い出す。

先生は、「自然主義文学の田山花袋は……」と言いながら、やおら、ポケットからハンカチを出すと鼻を押しつけて思いっきりスーッとハンカチの匂いを嗅いだのだった。

「『蒲団』という小説を書いて、若い女性の匂いのする夜着と蒲団に、自分の鼻をこんなふうに押しつけて、思いっきりその女性の匂いを嗅いだのだ。これが自然主義文学、これが彼の彼女への想いだったのだ！　中年男のやるせない想いを描くこと！」

自然主義文学とは、こういうものを書くことなのだと、以来、ずっとぼくは思ってしまっていた。ほとんど変わらない時期に、同じ自然主義の文学者・島崎藤村は、姪を孕ませてフランスに逃げ、『新生』を書いたりしている……。

さて、数年後、大学に入ってから、フランス文学を専門にした先生に、こんな話を聞いたことがあった。

――未婚の若い女性を部屋に集めて、天上に小さな穴を開け、そこから、女性の匂いを吸うと、中年以降の男性は、若さを保つことができると、フランスでは信じられていた。

この話を聞いて思い出したのは、太宰治の『斜陽』である。

主人公のかず子が言っている言葉にこういうものがある。

「三十。女には、二十九までは乙女の匂いが残っている。しかし、三十の女のからだには、もう、どこにも、乙女の匂いが無い、というむかし読んだフランスの小説の中の言葉がふっと思い出されて、やりきれない淋しさに襲われ、（中略）三十歳までで、女の生活は、おしまいになると平気でそう思っていたあの頃がなつかしい」

はて、少し、『蒲団』のあらすじを記しておこう。

三十四、五歳の作家・竹中時雄のところに、二十歳にも満たない横山芳子という女性が、弟子にして下さいとファンレターを書いてくる。はじめはそっけなかった竹中だったが、子ども二人がいて、奥さんはお腹に三人目の子どもを宿していて、なんだか鬱屈した状態にある。そんな時、ついに芳子が上京し、竹中は、この美しい乙女にフラフラになってしまうのである。

ところが、彼女には男があった。その男・田中秀夫が、芳子を追って上京する。

竹中は、それを知ってから数ヶ月、芳子を自分の家に住まわせるのだが、芳子を自分のものともできず、田中と深い仲であることを知ると、郷里から芳子の父親を呼び、破門して帰らせる。

そして、彼女のことを思い出し、女の匂いを嗅ぐのだ。

「女のなつかしい油の匂いと汗のにおいとが言いも知らず時雄の胸をときめかした。夜着の襟の天鵞絨《びろうど》の際立って汚れているのに顔を押附けて、心のゆくばかりなつかしい女の匂いを嗅いだ。性慾と悲哀と絶望とが忽ち時雄の胸を襲った。時雄はその蒲団を敷き、夜着をかけ、冷めたい汚れた天鵞絨の襟に顔を埋めて泣」くのだ。

ところで、この小説の横山芳子は、架空の人物ではなかった。実在する人物で、本名を岡田美知代（一八八五〜一九六八）という。

彼女は、はじめ『蒲団』について雑誌「新潮」で「中には、時雄が芳子に対する情緒、それを直ぐ事実と見なし、時雄は即ち作者自身で、『蒲団』は、実に花袋先生の大胆なる表白である等と云って居る人もあります相で、馬鹿馬鹿しい、そんな事があって堪るものですか花袋先生こそよい迷惑、（中略）今更私風情の申し上げる迄も御座いません、花袋先生は聞えた真面目な正しい方で、斯う申しては失礼ですけれども、今の文壇にはまれに見る御人格です。これだけを如何しても弁解しませんではと存じまして、斯う書き続けて参りました」と記して、花袋の文学性を高く評価し、自分がたとえ『蒲団』の主人公であったとしても、花袋には一切、性的、恋愛的感情などなかったと主張したのだった。

しかし、まもなく、花袋自身は、『蒲団』は「作者の主観としてそう映った」もので、これこそが花袋の自然主義であり「本当のこと」だと美知代に語り、さらに『縁』という小説でも、美知代を書き、再び彼女への想いを述べるのである。

美知代は、しばらくして、堪りかねて雑誌「新潮」に「『蒲団』、『縁』及び私」を書き、次のように言う。

「私があの有名な、現文壇の元老田山花袋氏の出世作たる小説『蒲団』のヒロインであり、明治文壇掉尾の大傑作だと推称された『縁』のヒロインなことは、あまねく天下に隠れのない噂で、現在作者たる田山先生それ自身が、そうだと発表されて居る以上、それに就いてなにか書くのは、蓋し当然のことに違いありません」と前書きして、花袋のことを責めるのである。

はたして、それでは生田長江が、田山花袋を批評して「田舎者」というのは、どのような点にあるのだろうか。

生田の頭には『蒲団』や『縁』に見えるヒロインの描写があった。

まず、「折々文明人のディリカシイを蹂躙《じゅうりん》すると云う点」。

つぎに「其時其時の思想を取って吟味する場合にも、唯だ唯だ茫漠たる、朦朧たる情調の如きものがあるのみで、(中略)透徹をさえ有《たも》っていない」。

第三に「鋭敏なる観察力よりも、正直なる写生に倚頼し」「技巧の問題に熱中」すること。

……これらは、生田が明治四十四（一九一一）年二月「新小説」に発表した花袋に対する文学批評なのであるが、分かりやすく言うと、花袋は泥臭くて創造性に欠け、芸術というところまでその作品を昇華させていないということなのだ。

具体的に言えば「花袋氏は好んでお産の次第を描写する。一冊の小説に数回のお産すら書かれて居る」、また「野暮は総じて野蛮に伴う。（中略）友人の前で其友人の細君の乳を吸出してやろうと云う男がいる」など「気の弱い者ならば目を廻しそうな光景だ。それをそれほどの事と気附かないで居るから野蛮なのである」（『田山花袋氏を論ず』）。

明治四十二（一九〇九）年十一月七日、「読売新聞」で「田舎教師」合評という批評が紙上を賑わせた。

この中でも、すでに匿名XYZが「田山花袋は田舎者だ」と書いている。「虎屋や榮太樓の凝《こ》った御菓子を華車《きゃしゃ》（ママ）な箸《はし》に挟んだ『一つ召し上がれ』と云う雅な所は無いが、手打ちのうどんを腹一杯喰わせて『ああ、喰った喰った』と云う満足の快感を与える。而して満足の一面に重っ苦しい不快感の伴うのは云う迄もない。之《これ》花袋の短篇が吾人の感興を誘うの力なく長篇にして始めて能く強き印象を残し得る所以である」

生田長江だけでなく、他の人からも、花袋は、美しく飾ることを知らず、欲望を満たしてのちにそれを苦しむ「田舎者」に見られていたのだった。

しかし、こんなふうに批評されても、花袋は花袋として、作家としての道を歩まないわけにはいかない。努力はしたが、野蛮さや土臭さは、決して現代的、芸術的なところまで昇華されることはなかった。

大正時代に入って志賀直哉、武者小路実篤などの白樺派、また芥川龍之介、谷崎潤一郎などが出て来ると、「田舎者」としての花袋は、忘れられてしまうことになる。

そして、日本全国の温泉を廻り、『新撰名勝地誌』の編集などを行って、この世を去る。昭和五（一九三〇）年五月十三日、享年五十八歳。花袋の亡骸《なきがら》は、花袋の遺言によって土葬で埋葬されたという。

田山花袋（一八七二〜一九三〇）

栃木県邑楽郡館林町（現・群馬県館林市）出身。本名、録弥。別号に汲古がある。父は館林藩士。明治七（一八七四）年警視庁邏卒《らそつ》となり、西南の役に志願従軍して戦死した。九歳の時上京、京橋の書店・有隣堂の丁稚となるが、まもなく帰郷、漢学を学ぶ。

明治十九（一八八六）年、一家を挙げて上京する。私塾で英語を学び、西洋文学を読み漁る。

明治二十二（一八八九）年、桂園派の歌人松浦辰男に和歌を学び、この時、「技巧を去って、自分に忠実になれ」という歌論を授かる。花袋は後に、自分の芸術の写実的傾向はこの歌論に基づくと言っている。

明治二十四（一八九一）年、尾崎紅葉を訪ね、江見水蔭に兄事するようにと言われ、小説を書き始める。処女作は雑誌「千紫万紅」に掲載された『瓜畑』である。評論『露骨なる描写』や小説『重右衛門の最後』『蒲団』を著して自然主義運動の口火を切った。

生田長江（一八八二〜一九三六）

鳥取県日野郡貝原村（現・日野町貝原）に生まれる。父は小地主で、県会議員を務めた。

明治三十（一八九七）年、大阪の桃山学院に編入学、青山学院中学部を経て、明治三十三（一九〇〇）年一高文科に入学、東京帝国大学文科大学哲学科に進んだ。森田草平らと回覧雑誌を出し、与謝野鉄幹夫妻の知遇を得て「明星」に短歌を寄稿した。

成美女学校の英語教師になり、閨秀文学会を作る。明治四十四（一九一一）年にはニーチェ『ツァラトゥストラ』を訳刊、文芸批評、文明批評に筆を揮った。堺利彦の代議士立候補に応援演説をし、またマルクスの『資本論』翻訳に取り組むが、晩年は農本主義に基づく東洋文化への回帰へと進む。

ダンテ『神曲』、『オディッシイ』など翻訳の他、長編小説『犯罪』（大正九年）、『落花の如く』（大正十一年）などもある。

「立派な人の紹介状でも貰って上りましょう」

内田魯庵が森鷗外夫人に――

内田魯庵

文豪の語彙

何の用事もありませんが、立派な人の紹介状でも貰って上りましょう
（『内田魯庵全集 第四巻』中央公論社、「鷗外博士の追憶」）

「紹介」という言葉は、紀元前九十一年頃に書かれた司馬遷の『史記』（魯仲連伝）で初めて使われた。「勝《しょう》（平原君の名前）、紹介を為さんことを請いて、之を先生に見《まみ》えしむ（私がなかだちとなって人を紹介して、彼を先生に引き合わせましょう）」という言葉である。

「紹」という漢字の右側は、「刀」と「〇」で古くは書かれていた。「〇（丸）」く、既に繋がっている糸を刀で切ることを意味する。

刀で切って、別の糸と繋げることを表したのが「紹」である。

「紹介」の「介」は、「介入」などという熟語で使われるが、もともとは「間にはさむ」「助ける」ことを意味する。

つまり「紹介」とは、「すでに閉じている人の縁の一端を切って、その間に人をはさんで、別の縁に繋いで行く」ということを表すのである。

トルストイの『復活』『イワンの馬鹿』、ドストエフスキーの『罪と罰』などを訳し、外国文学を我が国に多く紹介した内田魯庵は、若い時、徳富蘇峰の国民新聞社に勤めていた。

ある日の夕方、たまたま上野花園町の森鷗外の家の前を通りかかったので、挨拶をしておこうと思って入って行くと、夫人らしい人が出てきて「ドウいう御用ですか?」と言って、取り合ってくれなかったという。

この時、魯庵は二十二歳だった。

かたや鷗外は、二十八歳、ドイツ留学を経て、「読売新聞」に『小説論』を連載したり、「国民之友」に、訳詩集『於母影』を発表したりして、すでに有名人だった。

夫人の態度は、明らかに、若い魯庵の無作法を詰《なじ》るような言い方だった。

魯庵は、そこで、「何の用事もありませんが、そんなら立派な人の紹介状でも貰って上りましょう」と言って退却した。

しかし、このまま引っ込んではいられない。

魯庵は、すぐさま原稿用紙を取り出すと、「鷗外を訪うて会わず」という文章を書いて、これを「国民新聞」に出すために散歩に出かけた。

ところが、帰ってくると、机の上に「森林太郎」という名刺が置いてある。

そして、家の者に「先刻は失礼した、宜しく云って呉れ」と言付けをして帰ったという。すでに夜十一時を回っていた。

魯庵は、恐縮して、すぐに国民新聞社に葉書を書いた。「先ほどの原稿は没にしてくれ」と。

すると、翌朝、九時頃に、鷗外から手紙が届く。

「魯庵というお名前は存じていたが、本名を知らなかったので、大変失礼した。後から気が付いてお詫びにあがったが、お留守で残念だった。どうか悪く思わずに、また遊びに来て欲しい」と記してあった。

鷗外は、軍医と文学者の二足の草鞋《わらじ》を履いていた。

文学の方にあまりに力を入れると、軍医の仕事をないがしろにしていると言われかねない。負けず嫌いの鷗外は、神経をすり減らしながら、あらゆる方面に気を遣っていた。

それは、鷗外が帰宅する靴音を聞くと、母親が胸を暗くするほどだったという。

鷗外は、まもなくこの最初の夫人、登志子と別れている。

森鷗外（一八六二〜一九二二）

石見国鹿足郡津和野（現・島根県津和野町）に、代々津和野藩典医であった森家に生まれる。

五歳の時に『論語』を、六歳の時には『孟子』を学び、七歳で藩校・養老館に入り、儒学、国学、蘭学を学んだ。明治五（一八七二）年、十歳の時、先輩であり親戚でもある西周の勧めで上京、西周宅に住んで進文学社でドイツ語を学ぶ。

十二歳で第一大学区医学校（現・東京大学医学部）予科に入学したが、年齢が足りないというので二年付け足して入学が許された。

文学についての教養は、大学に在学中、貸本を読破することに養われたと自ら語る。漢詩を作る勉強のために『源氏物語』の和歌などを漢詩文に訳したという。明治十七（一八八四）年、ドイツ留学。四年間滞在し、帰国後『舞姫』を発表、新体訳詩集『於母影』、アンデルセン作『即興詩人』の翻訳などで文学界を席巻した。

歴史小説、史伝文学などの他、『元号考』（未完）などの考証も行っている。

大正五（一九一六）年、陸軍を退いた後は、帝室博物館総長兼図書頭・帝国美術院長・臨時国語調査会長などを歴任した。

内田魯庵（一八六八〜一九二九）

江戸下谷車坂六軒町（現・東京都台東区東上野）に旧幕府御家人の家に生まれる。築地にあった立教学校（現・立教大学）で英語を学び、東京大学予備門、東京専門学校（現・早稲田大学）英学本科に学ぶ。

親戚で翻訳家であった井上勤の手伝いをしているうちに、西洋文学と係わり、ドストエフスキー『罪と罰』の翻訳（前半のみ英語からの重訳）を行って文壇にデビューした。

その他、トルストイ、アンデルセン、エドガー＝アラン・ポー、ディケンズ、コンウェイ、モーパッサン、ゾラ、デュマ、オスカー・ワイルドなどの翻訳を行う。

明治三十四（一九〇一）年、書籍輸入の顧問として丸善に入社し、百科事典『ブリタニカ』を販売し、また丸善のPR誌『学燈』の編集に携わった。

短編小説集『社会百面相』、諷刺的な文学論『文学者となる法』などでも知られ、また文壇回顧録として『思ひ出す人々』などがある。

「才を娶《めと》らんよりは、財を娶れよ。女の才は用なきもの也、……なまなかなるは不具に殆《ちか》かるべし」

斎藤緑雨のコラムから——

樋口一葉

文豪の語彙

才を娶らんよりは、財を娶れよ。女の才は用なきもの也、善用することなきもの也。なまなかなるは不具に殆かるべし。

(「万朝報」明治三十二年二月八日、「眼前口頭」)

「なまなか」は漢字で書けば「生中・生半」で、「中途半端」を意味する。明治時代の前半には、まだ、女性には学問や文学など不必要であるという考えが蔓延していた。一葉の母親もそういう考えで、一葉が小学校高等科第四級を首席で卒業したにもかかわらず、ここで退学させている。

一葉は、「才」を見事に開花させた名作で知られるが、「財」なく、金に追われて一生を終えた。斎藤緑雨は毒舌家で女性蔑視のコラムも書いたが、一葉という女性に恋し、最後はその「才」に惚れ込み、尽くした男だった。

明治二十九(一八九六)年十一月二十六日付「東京朝日新聞」に、次のような訃報が載った。

女流の小説家として遒勁《しゅうけい》の筆、重厚の想を以て名声文壇に嘖々《さくさく》たりし一葉女史樋口夏子は予て肺患《はいかん》に罹《かか》りおりしが、遂にこれが為め去る二十三日午前十一時を以て簀《さく》を易《か》えたり。享年僅かに二十有五。

訃報には二十五とあるが、これは数え年で、現在の年齢では二十四歳に当たる。二十四歳にして、莫大な借金を背負い、原稿料で借金地獄から一気に抜け出そうとした一葉。わずか、晩年の十四ヶ月で『たけくらべ』『にごりえ』『大つごもり』『十三夜』『わかれ道』を書くが、身体はすでに肺結核に蝕まれていた。

一葉の不幸は、兄が亡くなり、自らが樋口家の戸主となった明治二十一（一八八八）年、十五歳の時にはじまった。

大蔵省出納局に勤めていた長兄・泉太郎が肺結核で亡くなった。

明治二十（一八八七）年十二月二十七日のことだった。

一葉の父・則義は警視庁に勤めていたが、すでに泉太郎に家督を譲っていたため、泉太郎の妹である一葉に戸主が回ってくる。

裕福ではなかったが、その頃にはまだ借金もなかった。

しかし、父が警視庁を辞め、家を売って荷車請負業組合設立事業に参画すると同時にそのすべての金が騙《だま》し取られて父が悶死《もんし》すると、莫大な借金が一気に一葉の肩にのしかかってくるのである。

十七歳である。

一葉には、この時、すでに渋谷三郎という許嫁《いいなずけ》があった。

渋谷は、東京専門学校（現・早稲田大学）の法科を卒業し、高等文官試験突破を目指していたが、一葉の母親が渋谷のことを嫌い、父・則義の死後、破談となってしまっていた。

一葉は、針仕事や洗い張りなど内職のような仕事をしながら家計を支えるが、そんなことで借金が払えるはずなどない。

そんな時だった。

一葉が通っていた中島歌子主宰の歌塾「萩《はぎ》の舎《や》」で同門の田辺花圃《かほ》が、『藪の鶯』という小説を書いて、三十三円の原稿料を得たという話を聞く。

当時の一円は、ざっとではあるが、今の一万円ほどの価値があったと考えて間違いない。

一葉、この時、十九歳である。

東京朝日新聞社に勤めていた半井桃水《なからいとうすい》を紹介してもらい、一葉は、桃水の同人誌に『闇桜』を発表。桃水は、「東京朝日新聞」の主筆・小宮山桂介にこの小説の掲載を願ったが、採用されることはなかった。

明治二十五（一八九二）年二月雪の日に、一葉は、半井桃水の隠れ家を訪ねる。そして、手作りのお汁粉を食べさせてもらっている。

一葉の文才は、開花しつつあった。それは、半井桃水に対する恋心によってであった。桃水もまんざらではなかった。

ふたりの間に何もなかったにしても、一緒のところを見れば、師弟の関係を越えているように感じられることもあったのだろう。

同年六月に、一葉は、「萩の舎」の人々から、桃水に会うことをやめるように勧められ、師弟の関係を絶たざるをえなくなってしまう。

しかし、一葉は、小説を書くための技術を、すでに掴んでいたのだ。

独学で『うもれ木』を書くと、田辺花圃の紹介で雑誌「都の花」に発表し、初めて原稿料十一円七十五銭を得る。

これが彼女のプロの小説家としての出発点になるが、ここから二年、彼女は苦しまなくてはならない。貧困と産みの苦しみの二年間であるが、一葉はこの時、蛹《さなぎ》のような状態であったに違いない。

ただ、作家として羽化した時、彼女は、結核を患っていたのだった。

斎藤緑雨が一葉を好きになったのは、明治二十九（一八九六）年の春のことだった。森鷗外とも仲が良かった緑雨は、鷗外に頼んで帝国大学の医学博士・青山胤通《たねみち》に一葉を診てもらうが、すでに一葉の結核は進行し過ぎていた。

一葉は、僅かに残された命の火を、執筆に注ぎ込むことになる。

そして、一葉は、「才」を使い果たし、「財」を得ることなく、亡くなっていった。

葬儀の時のことを、南洋探検家・副島八十六は次のように書いている。

「早朝本郷福山町一葉女史の葬儀に会す。恰《あたか》も出棺せんとする間際《まぎわ》なりき。先導二人、博文館寄贈花一対、燈灯一対、位牌次に女史の妹くに子、次に伊東夏子乃婦人二三名腕車に乗ず四五のものは輿の前後左右に散在粛々として進む。水道橋を渡り三崎町仲猿楽町錦町を経て一つ橋より丸の内に入り霞ケ関より有楽町を通り銀座街をよぎり築地本願寺の葬儀執行所に着けり。余は道々思えらく今此葬儀中担夫《たんぷ》、人足、車夫等の営業者を除く時は、真実葬儀に列するもの親戚知友を合して僅に十有余名に過ぎず。洵《まこと》に寂々寥々仮令裏店の貧乏人の葬式といえども此れより簡なることはあるべからず。如何に思い直すとも文名四方に揚《あが》り奇才江湖に顕如たる一葉女史の葬儀とは信じ得べからず」（『副島八十六日誌』）
鷗外も騎馬で棺に従おうとしたが、恥ずかしいからと、遺族に断られている。

樋口一葉（一八七二～一八九六）

東京府第二大区小一区（現・東京都千代田区）内幸町一丁目一番屋敷の東京府庁構内長屋に生まれた。

父・樋口則義はもともと甲斐国山梨郡中萩原村（現・山梨県甲州市）の農家であったが、幕末に上京し、御家人の株を求めて武士となり同心の職に就いた。維新後は東京府の属官となった。また則義は、金融や不動産売買などにも手を出し、一葉が十五、六歳頃までは裕福な家だった。

しかし明治二十一（一八八八）年、則義は、前年に長兄・泉太郎が亡くなったため、一葉を法定相続人に指定し、自分は退職して荷車請負業組合を設立する。そして、まもなく事業に失敗して、翌年、失意の内に病没した。

一葉が小説を書き始めたのは、父没後の生活の困難によるものであった。

作家としての地位を得たのは、明治二十九（一八九六）年、森鷗外主宰の批評雑誌「めさまし草」に、森鷗外・幸田露伴・斎藤緑雨が一葉の小説を激賞してからであったが、結核を病み、二十四歳にして亡くなった。

斎藤緑雨（一八六八〜一九〇四）

伊勢国神戸（現・三重県鈴鹿市）に生まれる。明治法律学校（現・明治大学）を中退。仮名垣魯文に師事し、『小説八宗』『小説評註問答』などを書き、当時の小説家を諷刺したり揶揄する批評で有名になる。

小説『油地獄』『かくれんぼ』なども発表したが、毒舌の戯評に才能を発揮した。亡くなる二日前に、「僕本月本日を以て目出度死去仕候間此段広告仕候也四月十三日緑雨斎藤賢」という広告を新聞に掲載することを、友人・馬場孤蝶に頼んで亡くなったことでも有名である。

「犬が轢かれて生々しい血！　血まぶれの頭！　ああ助かった！」

石川啄木の日記から——

石川啄木

文豪の語彙

約の如く今日こそはと大学館へ行った。二時間も待たされているうちに出社の時間はパッスした。そして「鳥影」の原稿を返された！　面当《つらあて》に死んでくれようか！　そんな自暴な考を起して出ると、すぐ前で電車線に人だかりがしている。犬が轢《ひ》かれて生々しい血！　血まぶれの頭！　ああ助かった！　と予は思ってイヤーな気になった。

その儘《まま》帰って来て休んで了った。

（中略）ああ三月も末だ、そしてアテにしていた大学館がはずれて、一文なしの月末！

（明治四十二年三月三十日　日記）

「犬が轢かれて生々しい血！」と記される。

この時代は、まだ野良犬がたくさんいた。狂犬病を持った野良犬に子どもが噛まれたりすることも珍しくなかった。野犬狩りも行われていた。

さて、「轢」は、「車」と「楽」の旧字体で作られているが、本来、どういう意味の漢字なのだろうか。

この「楽」は、もちろん「楽しい」とか「音楽」の「楽」を表すものではない。漢字の成り立ちのひとつに「形声」というものがあるが、これは意味ではなく、発音を借りて、新しい意味の漢字を作る方法である。「轢」も、形声によって作られた漢字で、「樂」は古代の中国語音では「ガク（レク）」と発音されていた。これは、車が動きながら下にあるものをガラガラと「ひく」時の音に似ているというので、「車」に音を表す「樂」をつけたものである。

一説によると、古代中国では、新しい車を出す時、犬を犠牲にして轢き殺すということが行われたとも言われる。

貧乏のどん底にいた啄木は、たびたび眠れない夜を送り、自殺を考えている。

たとえば、明治四十一（一九〇八）年、二十二歳の時の日記にも次のように記される。

六月十五日

金を欲しい日であった。此間太平洋画会で見た吉田氏の〈魔法〉、〈スフィンクスの夜〉、〈赤帆〉などを買いたい。本も買いたい。電話附の家にも住んでみたい。そして、吉野君岩崎君を初め、小樽の高田や藤田、渋民の小供等を呼んで勉強さしたい。…………

夜は三時打つまで眠れなかった。

六月二十七日

目をさまして宮崎君の手紙を読んだ。

吉野君へ久振で手紙かいた。恋には歓楽と苦痛とあるが、浮気は楽しみ一方だから浮気に限るとかいた。も早や我々は、若しも真に自己の全体を知ってくれる人があったら格別、でなければ再び真の恋をする事は出来ないとかいた。

夜、〝宝掘り〟という一幕物のドラマを書こうと思ったが、長谷川氏から、今月はどうしても原稿料出せぬという手紙が来たので寝た。

噫《ああ》、死のうか、田舎にかくれようか、はたまたモット苦闘をつづけようか？　この夜の思いはこれであった。何日になったら自分は、心安く其日一日を送ることが出来るであろう。安き一日⁉

死んだ独歩氏は幸福である。自ら殺した眉山氏も、死せむとして死しえざる者よりは幸福である。

作物と飢餓、その二つの一つ！

誰か知らぬまに殺してくれぬであろうか！　寝てる間に！

啄木の日記を読んでいると、得体の知れない不思議な力が、啄木の首を真綿で締めて行くのを感ぜずにはいられない。

明治四十一年、五月から六月にかけて、啄木は、三百枚ほどの小説を書き、また二百五十首あまりの短歌を作る。

しかし、ほとんど売り込みに失敗して、お金にはならない。原稿用紙もインクも買えなくなるほど、生活に困窮してしまうのである。

同郷の金田一京助は、貧窮する啄木を助けようと、蔵書を処分して金を渡す。

だが、そんなお金も、あっというまにどこかへ流れて行ってしまう……。

何か書きたいものがたくさんあって、書くのは書くのだが、それがほとんど金にならない。外に何か職業があるかと思わないわけではないのだろうが、他にできることもない……遠く小樽に置いてきた妻や子ども、岩手にいる父母のことも考えなくてはならない……とすれば、死にたくなる気持ちも痛いほど分かる。

と、人生が真っ暗闇に包まれたと思うと、小さな光が啄木を照らす。そして、しばらくすると、前よりもっと深い暗闇が、啄木を襲ってくるのだ。

『鳥影』という小説の連載依頼が来たのは、この年の暗さを照らした小さな光だった。

同年（明治四十一年）十月十一日、「東京毎日新聞」の栗原古城（元吉）が、啄木に新聞の小説連載の話を持ってくる。二週間後に連載が始まり、一回一円、回数には制限がないというのだ！

こうして、啄木は十一月一日から「東京毎日新聞」に、五十九回、『鳥影』と題した小説を連載することになる。

啄木の初めての長編小説『鳥影』の評判は、決して悪いものではなかった。

新聞連載が始まる直前、十月二十六日、新渡辺仙岳宛ての手紙には「何分連載物故厳密に言えばノヴェルでなくストリーというべきものでなくては都合悪く聊《いささ》か自負心を傷け候えども長編の処女作に候えば相応に苦心いたし居候」と書いているが、翌年明治四十二（一九〇九）年二月四日の日記には、北原白秋から葉書が来て、新しい新聞小説の連載も世話してくれる人があるという連絡ももらっている。

しかし、連載が終わってこれを本にしてくれるところを探したが、なかなか見つからない。

文章を書いても、それで入って来るお金ではまったく生活が成り立たない。

郷里・盛岡出身の朝日新聞社編集長・佐藤真一（北江）に重ねて懇願し、「東京朝日新聞」の校正係として雇ってもらえることが決まったのは、明治四十二年の二月二十四日だった。

月給二十五円は、現在の約二十五万円と考えることができる。

これだけあれば、最低限の生活はできるだろうと思うが、啄木には、あまりに大きな借金が肩にのしかかっていた。


ところで、啄木の処女詩集『あこがれ』が出版されたのは、明治三十八（一九〇五）年五月のことだった。啄木は、この詩集は東京市長・尾崎行雄の紹介で小田島書房から出してもらったのだと吹聴したが、じつはそんなことはない。

これは、盛岡・下の橋高等小学校の啄木の同級生で小田島真平（この人は渡米して一九四九年、デトロイトで死亡）という人の東京にいる二人の兄弟のお陰でできたものだった。

小田島真平は、兄・嘉兵衛が東京神田区鍛冶町にある大学館に勤めていること、また弟の尚三が、日本橋区青物町の八十九銀行に勤めていて貯金があるということを知って、啄木を紹介して、兄・小田島嘉兵衛が弟と名前を列ねて出版したのである。

それは『あこがれ』の奥付を見れば明らかである。

明治三十八年五月一日印刷
明治三十八年五月三日発行
定価　五拾銭
著作者　石川啄木
発行者　小田島嘉兵衛
（東京市京橋区南大工町五番地）
小田島尚三
（東京市京橋区南大工町五番地）
印刷者　石川金太郎（東京市京橋区西紺屋町二十六七番地）
印刷所　株式会社　秀英舎（東京市京橋区西紺屋町二十六七番地）
発行所　東京市京橋区南大工町五番地　小田島書房

『あこがれ』は初版五百部、再版五百部、合計千部刷られたが、ほとんど売れなかった。ただ、啄木は、今回新聞に書いた『鳥影』も、大学館に勤める小田島のところへ持って行けば、本にしてくれるのではないかと目論んだのだった。

二時間待たされて、結局、小田島は、これを本にすることはできないと断った。
「面当に死んでくれようか！」、そういう切羽詰まった気持ちで、啄木は、大学館のドアを飛び出す。そして、そこで自分の代わりに電車に轢かれる犬を見るのである。

石川啄木（一八八六〜一九一二）

岩手県南岩手郡日戸村（現・盛岡市日戸）の曹洞宗常光寺の住職の長男として生まれる。まもなく渋民村（現・盛岡市渋民）の宝徳寺に移る。啄木は、渋民村のことを「ふるさと」と呼ぶ。

明治二十四（一八九一）年、五歳になった啄木は、父にねだって、学齢より一年早く渋民尋常小学校に入学する。上級学年に進んだ時には首席で、神童と評判された。盛岡市立高等小学校を経て、県立盛岡中学校に入学する。ここで金田一京助と出会い、「東京新詩社」の社友となり、雑誌「明星」を愛読することになる。

十六歳の時、盛岡中学を中退して文学で身を立てることを決意して上京したが、失敗に終わり翌年帰郷。十九歳の時、処女詩集『あこがれ』を出版。天才詩人と呼ばれるが、生活は困窮した。

渋民村での代用教員、北海道に渡って函館商工会議所の臨時雇い、新聞の校正係などをしながら函館、札幌、小樽、釧路などを転々とするが、再び上京して創作活動を行う。

「東京朝日新聞」の校正係を経て、「東京朝日新聞」社会部長・渋川柳次郎の厚意によって「朝日歌壇」の選者に抜擢される。

大逆事件を切っ掛けに幸徳秋水、ロシアのクロポトキンの思想などに共鳴して社会主義に近づいていくが、肺結核に冒され二十六歳の短い命を閉じる。歌集『一握の砂』『悲しき玩具』などは、不朽の名作として読み継がれている。

第二章

文豪の嘆きとぼやき

博学で想像力を失う無想庵。荷風は菊池を野卑奸猾《やひかんきつ》と日記にぼやく。いつまでたっても金欠百閒、同じ漱石門下の三重吉は奥さん虐待。きれいごとでフランスにまで名を馳せた倉田百三にそこまで書くかと驚かれつつ、読者の心を掴む武者小路。乱歩を真似て居留守を使う宇野浩二がいるかと思えば、将棋を指して遊ぶ文人たちもいる。

「創造力というものが無いんだね」

徳田秋声が武林無想庵に――

武林無想庵

徳田秋声

文豪の語彙

武林は妙な男だね。あの博学ぶりは部類だが、創造力というものが無いんだね。だから小説が書けないんだ。

（楢崎勤『作家の舞台裏』読売新聞社、「武林無想庵」）

「創造」という言葉は、英語のcreateを日本語に訳した『（慶応再版）英和対訳辞書』（一八六七年刊）に見えるのが最初である。

その後、中村正直訳の『西国立志編』に「白爾（ベル）は、蒸気船を創造せし人なり」などに見える。

さて、「創」という漢字はもともと「きず」という意味がある。「刀（刂）」で物に傷をつけるということで、その傷を境にして、何か次のことが生じるというので「はじまる」「はじめる」という意味が生まれた。

『三国志』で知られる諸葛亮《しょかつりょう》の「出師《すいし》の表」には「先帝《せんてい》、業《ぎょう》を創《はじ》め、未だ半《なか》ばならずして、中《ちゅう》道《どう》に崩殂《ほうそ》す（先帝の劉備《りゅうび》は大いなる事業を創めながら、志半ばにして崩御された）」という言葉で始まるが、これは、劉備が「蜀」という国を建てるという一線を画する偉業を創《はじ》めたが、残念ながら途中で亡くなったという意味の言い方である。

そういう意味からすれば、あるいは、我が国で作られた「創造」という熟語は、明治という新しい「きず」で前時代と袂を分つことによって、生まれた言葉だったとも言えよう。

はたして博学というのは、ある意味、あまりにもずっと古代から継承された道を知っているがために、かえって「きず」をつけることができず、「創造性」を産み出す力に欠けるものであるのかもしれない。むしろ、多くのことを知らない人の方が、創造力に満ちていると言えるのではないか。

武林無想庵という何とも不思議な小説家、翻訳家がいた。

小説として読まれるものはほとんどないが、『むさうあん物語』という四十五冊（別冊一、計四十六冊）にも及ぶ個人雑誌を書いている。

この雑誌の発行発起人に名前を列ねているひとたちがすごい。

谷崎潤一郎、佐藤春夫、辰野隆、正宗白鳥、長谷川如是閑である。

『むさうあん物語』は、「一八八〇年に生まれたこのわたしという一日本人が、その時々におかれた生活条件を反射しつつ、なにを目標として、なにを吸収し、なにを排泄しきったか、また、しつつあるか、そうしたあらゆる思想の遍歴過程を探究し、批判したいため」に武林が書いたもので、戦後まもなくディープな文学者に愛読された。

とは言っても、すでに山本夏彦（『無想庵物語』）に指摘されるように、『むさうあん物語』は、事実が前後し、文脈は飛躍し、甚だ読みづらく、分かりがたいもので、なにがなんだか分からないものなのである。

若い頃からダダイスト辻潤と親しかったこともあって、だとすれば、『むさうあん物語』は、ダダイズムの洗礼を受けた「作品」と言っていいのかもわからないが。

武林無想庵は、大正九（一九二〇）年、田山花袋の媒酌で中平文子という女性と結婚をすると、まもなくフランスに渡った。

そして、十四年の間、フランスと日本を行き来しながら、雑誌「新潮」や「改造」に記事を寄せたのだった。


さて、武林無想庵は、博覧強記の男だった。それは、芥川龍之介や谷崎潤一郎さえも驚くほどだったという。

このことを江口渙《かん》が、次のように記している。

「（略）何かの用があって本郷五丁目の久米（正雄）の家に行くと、芥川が来ていた。そのときの話のはずみで、『谷崎が小石川原町に引っ越してきたというから、いまからいってみようじゃないか』ということになって、三人して出かけていったのである。（中略）先客にすでに武林無想庵がいた。（中略）たちまちにして谷崎と無想庵と芥川のあいだに談論が風をよぶようにまき起こされた。（中略）話題はおもに平安朝文学だった。源氏物語や枕草子、伊勢物語や竹取はむろんのこと、宇治拾遺に今昔、うつぼやおちくぼ、とりかへばや、などの物語類、大鏡、増鏡、さては蜻蛉日記や土佐日記から紫式部、和泉式部日記の類、つづいて古今集、新古今をはじめとしての八代集のところどころ。およそ自分の読んでいるかぎりの日本の古典の知識のありったけをつぎからつぎとさらけ出しては、この種の談論の中では空前としてまさに絶後といってもいいほどの壮観だった。（中略）そのとき私をおどろかせたのは武林無想庵だった。たがいにはげしく渡りあう谷崎よりも、芥川よりも、無想庵のほうがはるかにひろくよんでいることがわかったからだ。……武林無想庵と私たちは、谷崎の玄関を出るとすぐに右と左に別れた。（中略）芥川が私をふりかえった。『谷崎もなかなかよんでいるが、谷崎よりも無想庵にはおどろいたな。それに一どよんだものは、いちいち、じつによくおぼえてやがるな』芥川も私と同感であったのである」（『わが文学半生記』）

ところで、ある時、武林無想庵が新潮社にやってくると、そこに小説家で評論家の中村武羅夫がたまたまいて、せっかくだから、浅草の金田に鳥鍋を食べに行こうということになった。同行したのは、新潮社の編集者・楢崎勤だった。

するとと、武林無想庵が、徳田秋声にも会いたいといい、結局、四人で金田に行ったという。この時、武林無想庵は、鳥鍋が煮えて鍋の中がなくなるまで、ほとんど一口も肉を食べることもなく、ひたすら、話をしたと楢崎勤が書いている。

「ポアンカレ曰く、老子曰く、パスカル曰く、道元曰く、モンテーニュ曰く、親鸞曰く、大蔵経の第何巻にこういう文句があると、その長い一節を正確に（多分正確であろう）引例したり、近いうちにまたフランスに行くが、今度、日本に帰ってくる時は、マルコポーロやヘディンが踏破した中央アジアから天山山脈を越え、シナを抜けて来ようとおもっていると、その道程を、たった今通ってきたように、こと細かに精確に話すのだった」（楢崎勤『作家の舞台裏』所収「武林無想庵」）。

後日、徳田秋声は、楢崎にこう言ったという。

「武林は妙な男だね。あの博学ぶりは無類だが、創造力というものが無いんだね。だから小説が書けないいんだ」

谷崎潤一郎も『むさうあん物語』第七冊の序に次のように記している。

「この博学の先輩に実にいろいろのことを教えて貰った。ラーマーヤナの話、楞伽経《りょうがきょう》の話、摩訶《まか》止観《しかん》の話、ウイリアム・ジェームスのプルーラルスティック・ユニヴァースの話、ゾラの諸作品の話、振鷺亭《しんろてい》（筆者注：江戸時代の戯作者）の読本《よみほん》の話等々、限りもなく広汎に亘って多種多様のことを聞かされた」（『谷崎潤一郎全集　第二十三巻』中央公論社）

アルフォンス・ドーデ『サフォ』、エミール・ゾラ『巴里の胃袋』『大地』、アンリ・バルビュス『耶蘇』などは武林無想庵の翻訳によって我が国に紹介されたフランス文学である。

晩年、失明したが、三番目の妻・波多朝子の聞き書きで、『むさうあん物語』は書き継がれたのだった。

武林無想庵（一八八〇〜一九六二）

北海道札幌に生まれる。父親は写真技師で、四歳の時に父親の写真の師である武林盛一の養子となり、養父母とともに上京する。

東京府中学校・第一高等学校を経て、東京帝国大学文科大学英文学科に進み、まもなく国文科に転科して中退。一中時代から小山内薫や川田順と親友で、雑誌を創刊したり翻訳を行った。ドーデ『サフォ』やアルツィバーシェフの『サニン』は、大正期のダダイズム台頭と呼応して、大いに評判となる。

大正九（一九二〇）年、ヨーロッパに渡り、辻潤、辻まこととパリで再会し親交を深め、フランスを中心にヨーロッパで十四年を過ごした。

徳田秋声（一八七二〜一九四三）

石川県金沢区横山町に生まれる。

石川県専門学校に入学するが、学制改革で同校が第四高等中学校になり補充科に入学（中退）。漢籍や江戸文学の翻刻に親しみ、文学に志すようになる。

明治二十八（一八九五）年上京し、博文館に職を得て、編集の雑務を担当していたが、泉鏡花にすすめられて尾崎紅葉の門下となる。紅葉の推挙で読売新聞社に就職。「読売新聞」に連載した『雲のゆくへ』が出世作となる。

明治四十四（一九一一）年、夏目漱石の推挙で「東京朝日新聞」に発表した『黴《かび》』を連載する。この小説のモデルとなった十歳年少の小沢はまを、秋声は妻とするが、本作は明治文学の中でも画期的なものとされた。

以後、通俗小説を多く物し、昭和十六（一九四一）年、集大成としての『縮図』を「都新聞」に連載する。

「菊池は性質野卑奸獝」

永井荷風が菊池寛に――

菊池寛

永井荷風

文豪の語彙

自分の名前を書き違えられるほど、不愉快なことはない。自分は、数年来自分の姓が、菊池であって、菊地でないことを呼号しているが、未《いまだ》に菊地と誤られる。（中略）だが、文壇人中一番国語漢文歴史等の学問のある永井荷風先生が、菊地と書く時代だから、雑誌社の人達などに、菊地と間違えられるのは、あきらめるより外仕方がないのかな。荷風氏などが、常々慨嘆される通り、文字の正しき使い方などに就ては現代は末世なのだろう。

（菊池寛「文藝春秋」所収「文芸当座帳」）

菊池は性質野卑奸獝、交を訂《てい》すべき人物にあらず。

（永井荷風『断腸亭日乗』、大正十四年九月二十三日）

「野卑奸獝」という四字の熟語はない。「野卑」は「下品でいやしいこと」、また「奸獝」は「いつわること、いつわりが多いこと」をいう。

「野卑」はともかく「奸獝」という言葉は、難しくて今となっては誰も使わない言葉だろう。

「奸獝」の「奸」は、「姦」とも書かれることがある。これは、「淫らな行いをすること」や「人を騙すこと」を表す。

また「猾」の右側は、「ややこしく、入り組んだこと」を表す。これに「犭」が付いて、「人の道にはずれたようにややこしく入りくんだ策を弄する」という意味になる。

してみれば、「奸猾」とは、どちらも「人を騙し、人の道にはずれたような策をすること」という意味になろう。

「交を訂す」という言い方も、難しいだろうか。

「訂」は「訂正」などの熟語で使うと、「文字や文章をなおす」「ただす」という意味になるが、もうひとつ「結ぶ」「定める」という意味もある。すなわち、「交を訂す」とは、「交際をする」「友人としての交わりを結ぶ」という意味である。


大正十二(一九二三)年、文藝春秋社を起ち上げ、芥川賞・直木賞を創設した菊池寛は、今となっては作家というより、企業家のような印象を持っている人の方が多いようである。

小説としても『恩讐の彼方に』が知られているくらいだろうか。

しかし驚くなかれ、菊池寛は、アンデルセンの『醜い家鴨の子』や『雪の女王』、ウィーダの『フランダースの犬』、グリムの『白雪姫』などを訳して、外国の童話を我が国に広めた文学者だった。

ところで、永井荷風は、大正十三（一九二四）年春、雑誌「女性」（プラトン社、編集長・小山内薫）に、「下谷のはなし」という連載で菊池寛の祖先に当たる漢詩人・菊池五山（一七六九〜一八四九頃）のことを考証した際、「菊池」と書くべき所の七、八ヶ所を、すべて「菊地」と書いたのだった。

これを見た菊池寛は、すぐさま、「文藝春秋」の「文芸当座帳」に冒頭に挙げた文章を書いて、荷風をやり玉に挙げたのだ。

「文藝春秋」創刊からまもなくのこと、多くの読者の前で、恥をかかされた荷風は、何度も日記に、菊池寛のことを書く。先に挙げた他にも大正十四（一九二五）年十月二十四日には「悪むべきは菊池寛の如き売文専業の徒」と記している。

ところが、菊池寛は、なんでも笑って済ませるような性格で、自社の雑誌「文藝春秋」が売れるためならどんなことでもするという感覚で、荷風の考証を揶揄したに過ぎなかった。

こうして、大正十四年十一月十三日、菊池寛は、「文藝春秋」の記者のひとりに自筆の手紙を託して荷風の偏奇館《へんきかん》を訪ねさせ、「文藝春秋」の記事の依頼をした。

荷風は、これをにべもなく拒絶する。

じつは、菊池は、すでに一度、荷風に面会を依頼していた。大正十二（一九二三）年の秋のことだった。幸田露伴や森鷗外、夏目漱石などとも関係の深かった春陽堂書店の社長・和田利彦を通じて荷風に会いたいと言って来たのだった。

しかし、この時、荷風は、病気と称して、菊池に会わなかった。

荷風の中には、菊池に対するわだかまりが以前からあったのだ。

大正十四（一九二五）年十一月十三日、「文藝春秋」の記者が来た日の日記に、荷風は次のように書いている。

「菊池は曽《かつ》て歌舞伎座また帝国劇場に脚本を売付け置き、其上場延期を機とし捐《ママ》害賠償金を強請せしことあり。品性甚《はなはだ》下劣の文士なれば、その編集する雑誌には予が草稿は寄せがたしとて、くれぐれも記者の心得違いを戒め帰らしめたり」（『断腸亭日乗』）

荷風は、菊池の品位のなさを挙げて嫌ったのだ。

大正十五（一九二六）年七月二十二日夜、銀座尾張町の陀《だ》蕃《ばん》亭という料理屋で、偶然、荷風は菊池とすれ違った。

荷風は、顔を背けて挨拶もしなかった。

また、同年冬に、銀座タイガーでも、互いに何度か顔を認めたことがあったが、両人とも、もう会釈さえしなかったとされる。

また、昭和十一（一九三六）年七月二日の日記によれば、荷風は、文藝春秋社から依頼された賞金授与の出版物推薦にさえも回答を与えなかった。

結局、荷風と菊池は相和することなく終わるのだ。

ただ、荷風は、出版社太陽堂の編集員・川口松太郎とも不仲の関係を作っている。

永井荷風（一八七九〜一九五九）

東京・小石川金富町（現・文京区春日）に、文部省、内務省の役人、また日本郵船会社の役員などであった父・久一郎の長男として生まれる。

中学時代から遊蕩に耽り、東京外語学校清語科に入学するも落語や歌舞伎、フランスのゾラ、モーパッサンなどの文学に沈潜した。

父親の「実学を修めよ」との命令で、アメリカ、フランスの日本公使館、正金銀行などに勤め五年の外遊を経て帰国する。

帰国後出版した『あめりか物語』『ふらんす物語』で文名が上がり、それまでなかった耽美派としての路線を確立する。

明治四十三（一九一〇）年、森鷗外、上田敏の推挙で、慶応義塾大学部文科教授に就任、雑誌「三田文学」を主宰するが、この時、谷崎潤一郎の文章を読んで、荷風は、その素晴らしさを「肉体的恐怖から生ずる神秘幽玄」「全く都会的なること」「文章の完全なること」として高く評価した。

大正六（一九一七）年九月十六日から昭和三十四（一九五九）年四月二十九日まで書き継がれた『断腸亭日乗』は、日記文学の最高峰とも言うべきものである。

菊池寛（一八八八〜一九四八）

香川県高松に生まれる。家はもと松平藩の藩儒で、江戸後期の漢詩人・菊池五山は祖先の一人。父親は小学校の庶務係であったが貧しくて、教科書を買うことができず、人に借りて写すほどだった。読書が好きで、新設された高松図書館に通い、ほとんどを読み尽くしたという。

県立高松中学校を経て、東京高等師範学校に無試験で入学。授業料免除、学資給与の特典を得るが、授業に出ず、生活が乱れていることから除籍。

明治四十三（一九一〇）年に一高に進学すると、ここで芥川龍之介、久米正雄、松岡譲、山本有三、土屋文明などと知り合う。卒業三ヶ月前に、友人の窃盗罪を自分が受ける形で退学。

京都帝国大学に入学する。京大の後、時事新報社に入るが、大正七（一九一八）年頃から続々と小説を発表し、昭和に入ると「文壇の大御所」と呼ばれる実力を現した。

大正十二（一九二三）年一月に「文藝春秋」を創刊、独創的なアイディアで「文藝春秋社」を発展させた。芥川賞、直木賞の設定による後進の育成をする他、映画会社「大映」の社長、東京市会議員なども行い、文学以外の活動も行った。

小説『恩讐の彼方に』『真珠夫人』、戯曲『父帰る』の他、『フランダースの犬』『醜い家鴨の子』などの翻訳も数多く行っている。

「漱石さんの物には贋物が多いのでしてね」

ある骨董商が内田百閒に――

内田百閒

文豪の語彙

「御紹介があるから、戴《いただ》いては置きますが、漱石さんの物には贋物が多いのでしてね」（中略）

私は、その家の名はもとから知っており、またその店に這入って買物をした事もある。主人に会った事はないけれども、そう云う非礼の人とは知らなかった。私が門下であった事は紹介されている筈であり、また紹介状を書いた人は主人の知り合いなのである。

そう云う関係を無視してまで、自分の鑑識を衒《てら》おうとしたのである。

（内田百閒『大貧帳』筑摩書房、「貧凍の記」）

「贋物」「贋作」、いずれも「ニセモノ」をいう。でもどうして漢字で「贋」と書くのだろうか。

「贋」は、鳥の「雁」と「貝」で作られている。「貝」は価値があるものを意味する。問題は「雁」の方である。

一説によれば、雁は、格好良く「へ」の編隊を組んで飛ぶことから、形よく整えた財物で、ここから外形だけをよく似せて作った物の意味となったという。

ところで、贋作は、中国では古くから作られていた。

紀元前二〇〇年頃に書かれたとされる『韓非子』（説林下篇）には次のような話が記されている。

斉《せい》の国が、魯《ろ》の国を破り、魯の国宝のひとつである「讒《ざん》」という鼎《かなえ》を渡すようにと要求した。魯はその「贋」の鼎を作って持って行った。すると、斉の人は、それは「贋だ」と言ったが、魯の人は「本物だ」と言った、というのである。

書画骨董の本物と贋物とを見分ける鑑識眼を身につけるのは難しい。でも、形だけ真似たものというのは、やっぱりすぐに分かるような気がしないでもない。

戦前の作家と言えば、貧乏で神経質で、自殺をするか病んで亡くなるか、という印象を持つ人も少なくないだろう。

文豪・夏目漱石だって書いている。「私が巨万の富を蓄えたとか、立派な家を建てたとか、土地家屋を売買して金を儲けて居るとか、種々《いろいろ》な噂が世間にあるようだが、皆嘘だ。巨万の富を蓄えたなら、第一こんな穢《きたな》い家に入って居はしない」（『文士の生活』）

漱石は、莫大な借金を養父の代わりに払わなければならなかったし、胃が弱く、それが原因で四十九歳で亡くなった。

芥川龍之介だって、売れっ子作家ではあったが、金には困っていた。

野上弥生子が、芥川に向かって、「そんなにお金が欲しければ、大いに儲かる方法を教えてあげましょう」と言ったという逸話を巌谷大四が伝えている。

野上弥生子は、芥川に「あなたがお亡くなりになるのよ。自殺ならなお結構ですわ」。

芥川は、この会話の一年半後に自殺する。

さて、漱石の弟子で、鈴木三重吉や後輩の芥川からも慕われた内田百閒は、岡山市内にあった造り酒屋「志保屋」の息子で、何不自由なく裕福に暮らしていたが、十六歳の時に志保屋が倒産して以来、亡くなるまで経済的に困窮した生活を続けた作家だった。

ただ、本当に、実家の倒産が長く百閒に影響を与えたのかどうか……百閒は、第六高等学校（現・岡山大学）を卒業後、東京帝国大学文科大学でドイツ文学を専攻し、陸軍士官学校ドイツ語学教授、海軍機関学校ドイツ語学兼務教官、法政大学教授などを歴任する。

当時の陸軍士官学校、海軍機関学校の教授・教官は相当の給料をもらっていたと思われるのだが……。

それにしても中学の頃から憧れていた夏目漱石の門下生として、漱石の家にもよく出入りしていた。

よく知られている逸話に、百閒が、好物のシュークリームを漱石のところに持って行って一緒に頬張ったというようなこともある。

それに百閒は、岩波書店から頼まれて最初の『漱石全集』の校閲をするなど、漱石の作品にも精通していた。

金がない……と百閒は、ある日、漱石が自分に書いてくれた書の一幅を、手放そうとするのである。

唐の詩人、王維が書いた「鹿柴《ろくさい》」という題の詩、

空山不見人　空山、人を見ず
但聞人語響　但、人語の響きを聞くのみ
返景入深林　返景、深林に入り
復照青苔上　復た青苔の上を照らす

訳

木の葉が落ちて、ひっそりと静まりかえった山の中に人影はない
しかし、どこからかわずかに人の声が聞こえてくる
夕陽の照り返しが深い林に斜めに射し込み
黄緑色の苔の上を照らしている

の起承の句を書いたものだった。

百閒は、書いている。

「既に亡くなられた先生に対して誠に申しわけがない。又自分の心中にも堪え難いものがある。しかし、これを以て米塩に代え、一家が活路を見出す迄の日を過ごさして戴いたとすれば、恐らくは、願わくば先生も許されるだろうと、気を取り直した」

こうして、漱石門下の先輩に頼んで、ある骨董商にこの軸を買ってもらうことにして、奥さんに持って行ってもらうのだ。

しかし、奥さんが持って帰ってきた金は、先輩と話した時の半分にも足りなかった。

足元を見られ、「御紹介があるから、戴いては置きますが、漱石さんの物には贋物が多いのでしてね」と、骨董商は、値踏みしたのだ。

しかも、この骨董商は、「どうも、おかしい所がある。失礼ですが、これで戴いておきましょう」と言ったというのだ。

漱石の軸は失う。当てにしていた金の半分も手に入らない……百閒にしてみれば、虚しさに堪えかねることだったに違いない。

百閒は、しばらくして、この軸を買い戻す。

しかし、再び、彼に、この軸を売らざるを得ない貧窮がやって来る。

「今度は夏目家に持参し、夏目家を通して、先生の遺墨を熱望していた人の家に蔵《おさ》められたそうである」と、百閒は記している。

そして言う。

「今でも瞼《まぶた》の裏に、ありありと先生の筆勢《ひっせい》を彷彿《ほうふつ》する事が出来る」

金の恨み、自分と師匠の関係を信じてもらえない怨みは、いかほどに深かったか……察して余りある。

内田百閒（一八八九〜一九七一）

岡山県岡山市の造り酒屋の長男として生まれる。

岡山県立岡山中学校（現・岡山県立岡山朝日高等学校）、第六高等学校（現・岡山大学）をへて、東京帝国大学文科大学文学科独逸文学専修。明治四十四（一九一一）年、夏目漱石の門人となり、鈴木三重吉、森田草平、小宮豊隆などと知り合う。陸軍士官学校ドイツ語学教授、海軍機関学校ドイツ語学兼務教官、法政大学教授などを歴任し、小説や随筆を発表した。

芥川龍之介と親しく、芥川に激賞された『冥途』の他、『百鬼園随筆』『旅順入城式』『阿房列車』『ノラや』『贋作吾輩は猫である』などがある。

「親切なんか微塵《みじん》もなかった」

小島政二郎が鈴木三重吉に——

鈴木三重吉

小島政二郎

文豪の語彙

私が辛うじてその門に出入りすることを得た鈴木三重吉は、酒ばかり飲んでいて、私の求めるものを与えてくれなかった。しかも、三重吉自身は二十台《ママ》から小説を書いていながら、弟子に向かっては、漱石先生の例を引いて、小説は四十歳前後まで人生の経験を豊富に積んだ上で書き始めるべきものだという説を強いた。そうして私の書いたものを、こッぴどく批評した。そうでなくとも自信を失い勝ちの若い者に、少しずつでも前途に光明を認めさせてやろう、そう言った「芽」をそやし立ててやろうとする親切なんか微塵もなかった。

(小島政二郎『眼中の人』)

ミジンコという節足動物がいる。体長二ミリほどの、辛うじて目に見えるか見えないか分からないもので、顕微鏡で覗くと、両手を挙げたようにしてピクピクと動いているのが見えるものである。あの虫(なのか動物なのか)、ふつう、カタカナで「ミジンコ」と書くが、本当は漢字で「微塵子」と書く。

さて、「微塵」は、こまかい、きわめて微細なものという仏教用語で、物質を分割した最小単位である「極微《ごくみ》」が、上下四方の六方から結合したものをいうものだった。

「微塵子」とは、そういう意味では、「極微細なもの」という意味で名付けられたのであろう。三重吉には、「親切なんか微塵もなかった」と小島政二郎は言う。ミジンコほどにも、三重吉には親切心がなかったというのである。

それまで日本になかった子どもたちのための童謡・童話雑誌「赤い鳥」を発刊した人だとすれば、とても優しい人のようにも思えるが、じつはどういう人だったのだろうか。

小島政二郎『眼中の人』は、小島の自伝的小説で、大正時代の文壇の雰囲気や芥川龍之介や菊池寛がどういう人物だったのかなどを知る上でとても重要なものなのであるが、三重吉に関して、恐ろしい事実が記されている。

三重吉は二十九歳の時、ふぢという女性と結婚するが、次第に、小説家として自ら行き詰まりを感じ、神経症がひどくなっていく。そんな時に知り合ったのが河上らく子という女性だった。三重吉は、らく子との間に長女すずが生まれた頃から童話への才能を開花させていくのだがそれと同時に三重吉は、らく子を虐待するようになっていく。

ある晩、小島の家に、らく子が「今夜泊めて下さらない?」と言ってやって来る。

どうしたのかと訊くと、「このまま鈴木にいたら、私、仕舞には殺されてしまいますわ」と言うのである。

そうして、身体中に殴られたり蹴られたりした痣《あざ》があると言って、「癇癪《かんしゃく》を起こすと、もっとひどいことだってし兼ねないんですから――」と訴えるのだ。

小島は書いている。

「（前略）時々の虐待だった。その時々の虐待が、間遠になることか、あべこべに日を経るに従って頻々と度重なって来るきょうこの頃。しかも、通常人であるらく子には、この虐待の心理的な、或は肉体的な原因がどこにあるのか、どうしても理解出来なかった」

二人は、結局、弁護士を立てて別れることになる。しかし、三重吉は二人の子どもを手放すことはなかった。らく子は、悲しみに打ちひしがれてしまうのである。

酒のせいだった。

飲み始めると止められなくなる三重吉は、一晩に一升を楽々平らげるほどの酒豪だったが、温和《おとな》しく飲むのではなく、辺り構わず暴力を振るった。

そのせいで、「赤い鳥」を起ち上げるのになくてはならなかった北原白秋とも、まもなく絶交したのだった。

小島政二郎（一八九四〜一九九四）

東京・下谷の呉服商・柳河屋の次男。この柳河屋の番頭に杉雨と号した俳人があり、この人は尾崎紅葉の弟子（崇拝者との説も）だった。杉雨の手ほどきを受けて、小島は子どもの頃から俳句や江戸文学に興味を持つ。

京華中学を卒業後、敬慕する永井荷風が教授をしている慶応義塾に入学するが、大正五（一九一六）年三月には荷風は慶応義塾を辞めていた。「三田文学」の編集主任であった沢木四方吉教授に認められ、「三田文学」で作家としてデビューした。そして、慶応義塾を卒業する前年に、鈴木三重吉を訪ね、三重吉の紹介で芥川龍之介、久米正雄、菊池寛と知り合った。三重吉の「赤い鳥」の編集をし、また三重吉の二番目の妻・らく子の妹、みつ子と結婚した。

随筆集『場末風流』は名文として知られ、また国文学の造詣の深さを示す『わが古典鑑賞』は必読の書物である。戦後書かれた『円朝』『久保田万太郎』などの伝記もまた同時代を生きた人物を生き生きと捉えた傑作である。

鈴木三重吉（一八八二〜一九三六）

広島県広島区猿楽町（現・広島市中区紙屋町）出身。広島市役所学務課吏員の三男として生まれる。広島県立一中（現・県立広島国泰寺高校）在学中に、『亡母を慕ぶ』が雑誌「少年倶楽部」に掲載された他、童話『あほう鳩』が入選する。

明治三十七（一九〇四）年東京帝国大学文科大学英文科に入学し、夏目漱石の講義を聴くが、神経衰弱が昂じて休学。その時に作った短編『千鳥』が漱石に認められ、明治四十（一九〇七）年短編集『千代紙』を出版する。

大正六年から十五年（一九一七〜一九二六）に掛けて春陽堂から『世界童話集』二十一篇を刊行。また大正七（一九一八）年から童話・童謡雑誌「赤い鳥」を刊行した。

「嗚呼盛《さかん》なるかな倉田百三」

南孝夫が倉田百三に——

倉田百三

文豪の語彙

「倉田百三は看護婦とくっついたってね」
傍人《ぼうじん》、之を聞いて曰く「くっついたはひどいでしょう。先生はあの方に涙を以て愛を求められたのです」と。而して彼自身又涙す、人、盛なれば天の法を改む。斎藤龍太郎がいうところ内面的結合を翻訳すればくっつきなり。之をくっつきということ蓋し天法なり。而も人、盛なれば以涙求愛となる。嗚呼盛なるかな倉田百三。

（南孝夫「南氏妄言」〔「文藝春秋」大正十二年第二号〕）

「盛」という漢字は、「成」と「皿」で成り立っている。「成」は、土を四方から固めて城壁を造ることを表す。「皿」は料理を載せるプレートで、「盛」とは、山のようにたくさん料理を盛り上げることを意味する。

倉田百三は、「美しい衒学《げんがく》的な言葉を料理のように山盛りに飾ってどんどん女性を口説いている」と、売れない作家が雑誌でぼやく。

倉田百三の戯曲『出家とその弟子』が、自費出版で岩波書店から出版されたのは、大正六（一九一七）年のことだった。

二十六歳。

内容は――浄土真宗の開祖である親鸞を主人公として息子・善鸞《ぜんらん》、弟子・唯円《ゆいえん》の葛藤を描く。善鸞は人妻と姦通して親鸞から絶縁されている。唯円は遊女との恋愛で僧院からも遊女屋からも非難される。

恋愛と性欲の相剋を追求する『歎異抄』の教えを戯曲化しようとしたものである。

たとえば、こんな台詞がある。

唯円　**恋は罪の一つでございましょうか。**

親鸞　**罪にからまったものだ。この世では罪をつくらずに恋をすることはできないのだ。**

唯円　**では恋をしてはいけませんね。**

親鸞　**いけなくてもだれも一生に一度は恋をするものだ。人間の一生の旅の途中にある関所のようなものだよ。その関所を越えると新しい光景が目の前にひらけるのだ。この関所の越え方のいかんで多くの人の生涯はきまると言ってもいいくらいだ。**

なんだ、このクサさは！　と思うような小説なのだが、これが大正時代の若者の心を捉え、爆発的大ベストセラーとなるのである。

文壇からは宗教的理解に対する深さが見えないなどの批判を受けるが、これが英訳され、フランスの大作家ロマン・ロランが絶賛し、是非、フランス語訳を作るようにと、倉田百三に直接手紙が届く。

ロマン・ロランと言えば、『ジャン・クリストフ』や『ベートーヴェンの生涯』などで、世界的な作家であった。

そして、本書のフランス語版が出るや、ロマン・ロランは、序文に「現代アジアの宗教芸術作品のうち、これ以上純粋なものを見たことがない」と記すのである。

こんなことがあれば、まだまだ出版部数は伸びる。なんと、その増刷の数たるや、昭和二（一九二七）年の時点で三百刷というのだから、ミリオンセラーである。

二十二歳で肺結核を患い、金などなかった二十六歳の倉田百三が、この一冊で、一気に世界的に有名な作家になったのである！

岩波書店の岩波茂雄が、売れる作家・倉田百三を放っておくはずがない。

岩波は、百三が一高在学中から三十歳頃までに書き溜めていたエッセイというか論文というか、そんなものを集めて『愛と認識との出発』を大正十（一九二一）年に出版する。

するとこれが又、旧制高校生の間で、爆発的人気になる。

たとえばこんなことが書いてある。

「乃木大将を見よ。大将の自殺は今の私にとり無限の涙であり、また勇気である。大将の自殺は旧き伝説的道徳の犠牲ではない。最も自然にしてまた必然なる宗教的の死である。先帝の存在は大将の生活の中軸であり、核心であった。先帝を失うて後の大将の生活は自滅するよりほかなかったであろう。とても生きるに堪えなかったであろう。私は大将の献身の対象が国君であったからいうのではもとよりない。ただかくまで自己の全部をあげて捧げ得る純真なる感情と、偉大なる意志とを崇拝し、随喜するのである」


乃木の殉死を、田山花袋は、「功業を樹つることの悲劇」だと言って非難した。

志賀直哉は、「馬鹿な奴だ」と日記に記す。

武者小路実篤は、「かれの死には人類的なものがない。それにくらべれば、ゴッホの方がはるかに人類的な意味をもっている」と言う。

乃木の死を宗教的な死として取り上げるのはともかく、これに「無限の涙」と「勇気」を感じるなど、あまりに無批判な、前近代的認識である。
文壇の王道を歩いている人たちにとって、倉田のこうした文章は軽薄に映ったに違いなかった。
また、こんな文章もある。

「私は恋愛が肉の上に証券を保ってることが心強くてならない。肉体は生命の最も具体的なる表象である。それだけ最も心強いたしかなものである。肉と肉との有機的なる融着よ！　大きな鮮やかな宇宙の事実ではないか。その結果として新しき『生』が産出されるのかと思えば、胸がどきどきするほどたのもしい。まことに恋愛は肉の方面から見れば科学者のいうように『原形質の飢渇』であるかもしれない。細胞と細胞とが Sexual union に融合するときの『音楽的なる諧和』であるかもしれない」

「恋は女性の霊肉に日参せんとする心である。その魂の秘祠に順礼せんとする心である。ああ全身の顫動《せんどう》するような肉のたのしみよ！　涙のこぼるるほどなる魂のよろこびよ！　まことに sex のなかには驚くべき神秘が潜んでる。自己の霊と肉とをひっさげてその神秘を掴まんとするものは恋である。最も内面的に直観的に『女性』なるものを捕捉する力は恋である」

「くっついた」というその言葉を、「肉と肉との有機的なる融着」と言い換え、「涙のこぼるるほどなる魂のよろこび」と言う。

こんな百三の「哲学」とも言えぬ、薄っぺらい言葉は何なのか？

なぜに、こんな男に女は、たやすく口説かれていくのか？

百三の本が売れれば売れるほど、売れずに燻《くすぶ》っている作家たちの頭の中のクエスチョンマークはどんどん大きくなって行ったに違いなかった。

南孝夫も、もちろん、そのひとりだった。

今となっては、南の経歴はまったく分からない。「文藝春秋」の戦前版に時々こうした文章を書いているのが残るだけである。

南の言葉は、売れない作家たちの言葉にならない倉田百三への羨望と嫉妬に満ちた罵詈なのである。

倉田百三（一八九一〜一九四三）

劇作家、評論家。広島県三上郡庄原村（現・庄原市）出身。裕福な呉服商の家に長男として生まれる。中学時代から文学に目覚め、明治四十三（一九一〇）年、父親の反対を蹴って上京。第一高等学校に入学後、文芸部、弁論部で活躍し、哲学的論文を書き始めるが、肺結核に罹り、まもなく一高を中退した。出世作『出家とその弟子』を雑誌「白樺」の衛星誌のひとつ「生命の川」に連載し、大正六（一九一七）年に岩波書店から自費出版する。

昭和に入る頃から神経症を患い、晩年はファシズムを支持するものを書くようになる。倉田百三の人気が戦後なくなり、これという伝記が著されないことの理由には、こうしたことが影響にあるのではないかと思われる。

南孝夫

生没年、経歴等不明。「文藝春秋」の戦前版に「南氏妄言」なるものを掲載する。

「イゴメーニアックなあの調子が……」

本間久雄が武者小路実篤に――

武者小路実篤

本間久雄

文豪の語彙

あの、自分ばかりいい気になって、何でもかでも突き破って行こうとする猪進的な、その上非常にイゴメーニアックなあの調子が、私には堪えがたく不快であったのです。

（「新潮」大正五年三月号）

「イゴメーニアック」は「egomaniac（エゴマニアック）」で、極端に自己中心的な人のことをいう。「猪進」は「猪突猛進」を略した言葉で、イノシシが直線的に突進するように、目標物に向かってがむしゃらに、猛烈な勢いで進むことである。

「猪進」すれば、当然、周りのものは見えなくなるし、自己中心的にならざるを得ない。だが、武者小路家という公家の家に生まれて何の不自由もない男の「猪進」は、本間のような人からすれば「堪えがたく不快」なものに映ったに違いない。

「堪」は「土」と「甚」で作られている。さらに「甚」は、「甘」と「匹」で作られているが、これは「食欲」と「色欲」を表し、抑えがたい人間の深い欲望を意味する。これに「土」が付いて、「堪」は「分厚く重みのある山のような欲望」を表す。「どうしようもなく」という以上に

「ものすごく激しい」「どうしても抑えがたい」ことを表すのが「堪」の意味なのである。本間の「不快」の程度を知るべきだろう。

武者小路実篤の『お目出たき人』が出版されたのは明治四十四（一九一一）年二月十三日のことである。出版社は麴町にあった洛陽堂（社長、河本亀之助）である。

じつは、洛陽堂こそ、のちに武者小路実篤や志賀直哉が出した雑誌「白樺」を発行した出版社で、ほかに津田左右吉著『文学に現はれたる我が国民思想の研究』（全四巻）、木村荘八編『泰西の絵画及び彫刻』（全二十巻）など凡そ七百冊にのぼる本を出版している。どれも、どうでもいい本ではなく、人々の意識を変革するような本なのである。

『お目出たき人』の出版は、河本が洛陽堂を起こして二年目のことだった。

武者小路の家から洛陽堂までは、歩いてもわずか十分も掛からない。しかし、近所だからと言って「本を出したいからお願いする」と言われて、「お公家様の御本だから」とすぐに『お目出たき人』を、河本が出版するわけもなかっただろう。

ここにひとり、武者小路を洛陽堂に紹介した人があった。本書の巻頭に「高島平三郎先生に

この小冊子を 千の感謝を以て奉る」と記される高島平三郎である。

高島平三郎は、学習院での武者小路の先生だった。

後に東洋大学の学長、立正高等女学校の校長などとなったが、備後福山藩士の子として生まれた高島は、上京する以前、広島県広島師範学校訓導・助教などをしていた。

河本と高島は、広島県の旧福山藩出身というところで繋がっていて、高島が、河本を武者小路に紹介したのだった。したがって、「千の感謝」のうちのひとつに、この仲介があることは言うまでもない。

さて、『お目出たき人』の巻頭には、もうひとつ、興味深いことが記される。

「自分は我儘な文芸、自己の為めの文芸と云うようなものの存在を是認している。この是認があればこそ自分は文芸の士になろうと思っている。されば自分の書いたものの価値は読者の自分の個性と合奏し得る程度によって定《きま》るのである。従って自分の個性と合奏し得ない方には自分は自分のかいたものを買うことも読むことを要求する資格のないものである」

これを言い替えれば、「おもしろくなかったら別に放っておいてくれ。分かる人に分かってもらえれば、私はそれで十分なのだから！」ということになるだろう。

明治時代、文士と言えば、そのほとんどは貧しく、結核に冒されるなどして辛苦を嘗める人がほとんどだった。社会の片隅で、食うに困っても、しかしそれでもなお自分の心情を吐露し、原稿用紙の一マスを埋めて行く……誰か、ひとりでも自分の文章に共感してくれたら、自分の苦労は報われる……そんな思いで、文士は文章を綴ったのだ。

そんな時代に、何の苦労もなく、「分かってくれる人が読んでくれればそれでいい」と言って出てきた武者小路実篤を、真面目な文芸評論家がはじめから評価するはずがなかった。

しかも、驚くのは、話のすぐ始めにこんな文章があることだ。

「自分は女に餓えている。

誠に自分は女に餓えている。残念ながら美しい女、若い女に餓えている」

田山花袋以上の自然主義ではないか！　と思ってもいい。こんな赤裸々に「女に餓えている」と書くなんて！

さて、その内容はどういうものか――。

その女に餓えた主人公は、近所に住む鶴という女性に恋をする。しかし、彼女とは一度も口を利いたことがない。

五年も彼女のことを想い、熱烈に恋をし、必ず彼女と結ばれると信じている。

そして、三度、鶴に求婚するのだが、鶴は他の男と結婚をする。

すると、この主人公は、他の男と結婚した鶴を憐れむようになる。

たわいもない話と言えばそれまでなのだが、なんと文章の読みやすいこと！

こう言うことを許されるなら、まるで素麺を啜《すす》るような文章なのだ。

ところが、読み進めると、こんな文章にぶつかったりする。

「（手淫が）自分の後《うし》ろぐらいことの殆んど唯一のものだ」

素麺を啜りながら、思わず、咽《む》せてしまいそうな文章ではないか！


文芸評論家の本多秋五は、『お目出たき人』を、一九七〇年代になって、それまでの文学にはない「空前の率直さと、底抜けの意識的楽天主義に独創がある」（『新潮日本文学小辞典』）と評価する。

しかし、明治時代の文学を真摯《しんし》に熟読し、それを、日本文学史の中に読み込もうとする本間久雄の目には、武者小路実篤は、まったく「自分ばかりいい気になっ」た「おめでたい人」としか映らなかった。

この本間の文章には、「人生も文学も、舐めんじゃねぇよ」とでも言いたそうな、本間の口吻《こうふん》が、漂っている。

本間久雄（一八八六～一九八一）

山形県米沢市出身の文芸評論家、英文学者、日本近代文学研究家。坪内逍遥、島村抱月に師事。とくに島村抱月の門下として文芸評論を始める。大正七（一九一八）年から昭和二（一九二七）年まで「早稲田文学」の主幹を務める。また、関東大震災後まもなく、資料の散逸を怖れて『明治文学研究』七冊を編集する。早稲田大学海外研究生としてイギリスに留学し、オスカー・ワイルドに関する資料を渉猟する。

ほかにエレン・ケイ『婦人と道徳』『来るべき時代のために』『婦人運動』などを翻訳、『明治文学史』『近代作家論』『明治文学　考証・随想』など、幅広い視点で文学と社会思想の研究を行った。

武者小路実篤（一八八五〜一九七六）

東京市麹町区元園町（現・千代田区一番町）に、子爵・武者小路実世の八番目の末子として生まれる。

家に寄寓していた少女への失恋、聖書やトルストイの影響もあって学習院高等科を卒業すると東京帝国大学文科大学哲学科社会学専修へと進んだ。学習院の同級、志賀直哉、正親町公和らと回覧誌「望野」を作り、文筆への道を歩み始める。

トルストイの思想的影響から脱却するという意味で書いた『お目出たき人』（明治四十三年稿、四十四年刊）で思想的転換を果たし、雑誌「白樺」を起ち上げる。既成文壇からは独善的、幼稚、実生活を知らないなどの悪評を受けた。

大正七（一九一八）年、「僕達は現社会の渦中から飛び出して、現社会の不合理な歪《いびつ》なりに出来上がった秩序からぬけ出て、新しい合理的な秩序のもとに生活をしなおして見たい」と宣言して「新しき村」を作る。

昭和二十一（一九四六）年、勅選の貴族院議員となったが、公職追放の指定を受け議員辞職。誠実、真、愛、美を具現する『真理先生』は、戦後の代表作とされる。

「お留守です」「お出かけです」

宇野浩二の女中が編集者に――

宇野浩二

文豪の語彙

宇野（筆者注：浩二）の上野桜木町の自宅の門はいつも錠がかかっていて、ベルをおすと、道に面した台所の格子戸の桟の間から女中さんが顔をちょっと見せた。

「先生いらっしゃいますか」と訊ねると、女中さんは判をおしたように、「お留守です」とか「お出かけです」といった。しかし、宇野の在宅は承知しているので、「そうですか、また来ます」といって、ゆっくりした足取りで、町角を曲がりかけると、きまって、女中さんが追いかけてきて呼びとめ、案内するという段取りになるのであった。宇野の「不在」のからくりは、編集者の間では評判であった。

（楢崎勤『作家の舞台裏』読売新聞社、「宇野浩二」）

「留守」は、もともと古く中国の古典では「りゅうしゅ」と読んで、「天子が行幸や出陣をしている間、国都を守る」ことを言った。我が国でも『令義解』や『続日本紀』『今昔物語集』など、平安時代までの文献には、このような意味でしか使われていない。

「よそに出かけて家にいないこと」「不在」を表す言葉で「るす」と読む使い方は、鎌倉時代になってから一般に使われるようになったものである。

この「留守」の読み方を方言で調べるとおもしろい。

八丈島、静岡県、島根県、佐賀県、鹿児島県などでは「ズス（ヅス）」と発音したり、岩手県では「ユセ」「ルース」「ルセー」、信州上田では「ロス」、奈良県の一部には「ルル」と発音するところがある。


宇野浩二の文章は、だらだらと長い。読み難いわけではないが、読んでいるとずるずると宇野のペースに巻き込まれて、古い埃っぽい世界に身を置くことになる。

これを、江戸川乱歩は「宇野浩二式」と読んだ。

楢崎勤によれば、関東大震災が起こる大正十二（一九二三）年頃、「センテンスの長い文章を書く人は、肺活量が大きい」という変な都市伝説のようなものがあったらしく、じっさい宇野は、昭和二（一九二七）年、精神に変調をきたし、入院して元気がなくなると、「句読点の多いたいへん短い文章に変わった」という。


宇野の執筆のことについては、林芙美子もおもしろいことを書いている。

「或日、私は、菊富士ホテルにいられた宇野浩二氏をたずねて、教えを乞うたことがありましたが、宇野氏は寝床の中から、キチンと小さく坐っている私に、『話すようにお書きになればいいのですよ』と云って下すった」(『文学的自叙伝』)

「話すようにお書きになればいいのですよ」が何を意味するのかよく分からないが、「とにかくかっこうをつけないでどんどん話し言葉で書けばいいのですよ」という意味であったらしい。

『二つの会』(『宇野浩二全集 第十二巻』〔中央公論社〕所収)には「自分の持っている言葉で、話をする通りに書けばいい、これは武者小路実篤が先祖だ」と答えたということになっている。

こうして、林芙美子は、筆を先へ先へと進めて書いて行くことになる。

宇野の自宅は上野桜木町にあったが、本郷菊坂町の菊富士ホテルに仕事部屋を持っていて、毎日通っていた。

宇野は、ホテルの蒲団に寝そべって原稿を書くのである。

「枕もとには、細かい字で小説か評論の下書きが、ぎっしりと書きこまれた大学ノートと、万年筆がおかれていた」と楢崎は書いている。もちろん林芙美子が来た時も、宇野は蒲団に寝そべったままだった。

少しく、ここで、楢崎勤のことも紹介しておこう。

太宰治のファンなら、名前を聞いたことがあるという人も少なくないかもしれない。

大正十四（一九二五）年に新潮社に入社し、宇野や久保田万太郎、高見順、吉行エイスケなどの担当編集となったが、戦後、太宰治を担当した人である。

太宰に原稿料の前借りを依頼されたという話を、『太宰治全集』（筑摩書房、一九五五～五六刊）の月報に書いているが、新潮社を退社した後は読売新聞の記者として『作家の舞台裏　一編集者のみた昭和文壇史』などを書いている。

戦中、戦後の名編集者のひとりであったが、楢崎のことについては大村彦次郎が『文壇さきがけ物語　ある文藝編集者の一生』（筑摩書房）に詳しく記している。

ところで、宇野は、どうしていつも編集者に、居留守を使ったのだろうか。

楢崎が書いているように、編集者は皆、宇野の「在宅」を知っていたのだ。

宇野も含めてだが、作家には変わり者が多いと言われるのはこんな奇行が伝えられるからなのだろうが、宇野は、じつは、江戸川乱歩に「居留守」を使われたことがあって、それを真似ていたという。

もともと言えば、江戸川乱歩は、宇野浩二の大ファンだった。

大正十四年一月、大阪から上京した乱歩は、菊富士ホテルにいる宇野を、自分は宇野のファンだと言って訪ねると、乱歩の話を聞くより先に、宇野は自分がコナン・ドイルの翻訳を出版社に持ち込んだとか、探偵小説を書いてみたいと思っているんだが、こんな話だ……なんてことまで話してくれたというのである。

はたして、おもしろいことに、横溝正史は、乱歩の『二銭銅貨』(大正十二年)を読んで、これは宇野浩二が別のペンネームで書いたものだとばかり思っていたなど、乱歩の筆には、「宇野浩二式」のだらだらとした文体が染み込んでいたのである。そのことを、乱歩は『宇野浩二式』(大正十五年二月)という文章の中に記している。

さて、乱歩の居留守の話にもどろう。

江戸川乱歩(一八九四〜一九六五)は、大正十三(一九二四)年十一月三十日に大阪毎日新聞社を退社して、大正十五(一九二六)年一月に上京すると牛込区筑土八幡町三十二番地(現・新宿区)に居を構えた。

三十二歳の時のことである。

乱歩は、この頃のことを次のように記している。

「十五年の一月に大阪市外守口町から東京市牛込区築土八幡町三二に移転した。(中略)今とちがって、貸家はいくらでもあったころだから、間もなく築土八幡町の高台の家にきめて、通知してくれたので、年末から正月にかけて引越しを終った。

築土八幡町三二の家が、戦災にあったかどうか、まだ確かめてもいないが、そのころでも、もう相当古くなった家で、下が八、六、三畳、二階が、六、三、二畳、合せて六間の二階家、玄関の一坪の土間の正面の壁に大きな丸窓が切ってあるという拵えで、家賃は一カ月四十八円であった。神楽坂上の牛込肴町の電車停留所に近く、あの電車通りを半丁ほど飯田橋の方へ寄ったところから、急な坂を上るとすぐの場所。むろん八幡神社にも近かった」（『探偵小説四十年』）

さて、楢崎は宇野が「報知新聞」の文芸欄に連載した「江戸川乱歩」という文章を引いて、次のように書いている（『宇野浩二全集』に「江戸川乱歩」は掲載されず、筆者は未見）。

「江戸川乱歩が牛込の筑土八幡のちかくに住んでいた時、私は、ふと思い立って、（はじめて）江戸川を筑土八幡の家にたずねた。その時、私が玄関におとなうと、取りつぎに出た人が、中にはいってから、しばらく何かごたごたしている様子であったが、それは、はっきり居留守をつかっているような、断り方だった。（中略）たしか群馬県のどこかの温泉場から、江戸川から、突然手紙がきた。その手紙のなかに、いつか（ずっと前に）あなたが折角おたずねくださいました時、実は私は内におりました。それを自分の奇妙な気質からでもありますが、旅に出ていると嘘をつかせ、(嘘をつきました)その嘘が、その後気にかかって仕方がなかったので、自分だけが気がすむように、本当に旅に出て、その旅さきから、このお詫びの手紙を書きました、というような意味のことが書かれてあった」と言うのだ。

これ以来、宇野は居留守をうまく使いたくて、しかし、使うと気が咎めるような気になって、女中をすぐに寄越すようになったというのである。

宇野の小説もおもしろいが、長年交流のあった芥川のことを書いた『芥川龍之介』、そして明治末年頃からの文壇のことを書いた『文学の三十年』は、何度読んでもだらだらと惹き込まれる宇野式の傑作に違いない。

宇野浩二(一八九一〜一九六一)

福岡市南湊町(現・福岡市中央区)に、宇野六三郎の次男として生まれる。三歳の時に父を亡くし、大阪市南区宗右衛門町(現・大阪市中央区)の母方の伯父の家で過ごす。天王寺中学校を経て早稲田大学英文学科予科に入学するも中途退学。

明治四十五（一九一二）年、大阪で雑誌「しれえね」を発刊するが、同人・三上白夜（於菟吉）の小説によって発禁となり、創刊号だけで廃刊となる。

大正八（一九一九）年に書いた『蔵の中』を、「文章世界」に発表し、一躍、文壇に躍り出た。

下諏訪で村田絹子という女性と結婚するが、銀座の喫茶店で知り合った星野玉子との間に男の子が産まれ、さらに別の女性との関係を持つなど、女性問題には事欠かなかった。

昭和二（一九二七）年頃から精神に変調を来し、芥川龍之介と斎藤茂吉の紹介で、小峰病院に入院したが、まもなく芥川龍之介が強度の神経衰弱で自殺。そのことは、宇野にも影響を与えた。

戦後は、星野玉子と結婚、芸術院会員、芥川賞銓衡委員にも選ばれた。宇野の作品審査の批評は厳しいと、若い作家たちには怖れられていた。

『文学の三十年』『芥川龍之介』『文芸夜話』など、小説よりもこうした当時の文学的随想は、今も読み継がれている。

楢崎勤（一九〇一～一九七八）

山口県萩の生まれ。京城中学を経て同志社大学を中退。大正十四（一九二五）年、新潮社に入社し、雑誌「新潮」の名編集者と言われた。戦後、太宰治を担当。また小説家として『神聖な裸婦』『相川マユミといふ女』の短編集、『文学鑑賞　世界名著の人と作品』『作家の舞台裏　一編集者のみた昭和文壇史』などがある。

「一合お酒を余計呑んでいるとかすれば」

野口雨情が広津和郎に——

広津和郎

野口雨情

文豪の語彙

「とてもわれわれの将棋とは、将棋の格が違うようですな。一体野口さんは、どの位強いのですか」と広津が訊くと、
「一向強くはありませんよ。私は段はありませんが……そうですな、二段が私よりも一時間眠りが足りないとか、一合お酒を余計呑んでいるとかすれば、二段に勝つのはそうむつかしくはないと思います」

（巌谷大四『物語大正文壇史』文藝春秋）

「一寸」「一尺」と言っても、もう今となってはどれくらいの長さか分かる人も少ない。

古い時代の単位を今でも使って分かるのは、お酒を頼む時の「一合」「二合」というものだろうか。明治六（一八七三）年に文部省から出版された『小学教授書』には、次のように記される。

「枡の名に、六つあり。十才を、一勺といい、十勺を、一合といい、十合を、一升といい、十升を、一斗といい、十斗を、一石と、いうなり」

「一才」とは、歳を数えるものではなく、もちろん容積なのだが、約一・八ミリリットルをいう。こんな単位もあったのだ。一合は一八〇ミリリットル。

さて、将棋好きの作家と言えばすぐに思い浮かべるのは、菊池寛であろう。

菊池寛は、『将棋』という文章も書いている。

「将棋はとにかく愉快である。盤面の上で、この人生とは違った別な生活と事業がやれるからである。一手一手が新しい創造である。冒険をやって見ようか、堅実にやって見ようかと、いろいろ自分の思い通りやって見られる。而《しか》も、その結果が直ちに盤面に現われる。その上、遊戯とは思われぬ位、ムキになれる。昔、インドに好戦の国があって、戦争ばかりしたがるので、侍臣が困って、王の気持を転換させるために発明したのが、将棋だと云うが、そんなウソの話が起る位、将棋は面白い。金の無い人が、その余生の道楽として、充分楽しめるほど面白いものだと思う」

菊池寛は将棋三段の腕前があると言われたが、文壇棋士の二番手だった。文壇の中で一番強かったのは、幸田露伴だった。

露伴の『将棋のたのしみ』という文章には、菊池寛のものに比べるとはるかに深いところを記して余りある。

「将棋は智の技である。感情が猛焔を揚げても何の益にもならぬ、却って感情が亢ぶっては智が其為に蔽われたり衰えたりするものであるから、只管勝ちたがるのみで歳月を送るのでは、所謂

『我将棋』に功を経るのみで、良い道に進むようにはならぬのである」

ところで、大正九（一九二〇）年のことである。

久米正雄は本郷五丁目に家を借り、母親と一緒に暮らしていたが、その家の前に八重山館という下宿があり、ここに広津和郎が住んでいた。

久米の家には、菊池寛や佐佐木茂索、滝井孝作などが出入りし、よく将棋を指していた。

さて、ある日、広津の部屋に、翻訳家で麻雀研究家の川崎備寛、小説家で編集者の鈴木氏亨、洋画家の松本弘二が集まって雑談をしているうちに、久米の家の連中と将棋で勝負をしようということになった。

果たし状を久米の家に投げ入れると、相手方はおもしろがってこれを受けた。

しかし、そうは言っても、広津和郎はずぶの素人で、菊池の相手になるほどの力など持ってはいない。

一週間ほど、インチキで盤面を無茶苦茶にしてしまうような方法を習って、いよいよ明日が試合という夜、画家の林倭衛が、蒼白いひょろひょろとした男を連れてやってきた。

林が、どうして、みんなで将棋なんかしているのかと訊くと、明日、菊池らと将棋の試合なのだと言う。

すると、この蒼白い顔の男が、私も仲間に入れて下さいませんかと言うのだ。

この男こそ、まだまったく無名の詩人、野口雨情だった。

明治十五（一八八二）年、茨城県多賀郡磯原村の豪農の家に生まれた野口雨情は、東京専門学校（現・早稲田大学）に通っていたが、実家の家運が傾き学校を中退。借財に責められ、遊蕩に耽り、芸者と心中を図るなど、一時、ボロボロになっていた。

樺太での事業にも失敗し、北海道で新聞記者をやっている時に石川啄木と知り合い、明治四十三（一九一〇）年実家に戻ったが、童謡作家になることを決心して大正八（一九一九）年上京し、翌年、童話雑誌「金の船」の編集者となったのだった。

さて、野口は、広津らに、茨城弁で次のようなことを言ったという。

「一向強くはありませんよ。私は段はありませんが……そうですな、二段が私よりも一時間眠りが足りないとか、一合お酒を余計呑んでいるとかすれば、二段に勝つのはそうむつかしくはないと思います」

勝負はどうだったか。

広津らはインチキもつかって相手方をまずまずやりこめ、最後に三番勝負ということで、野口と菊池寛が対戦することになった。

野口の将棋は、逃げ切ることに終始したという。

菊池に攻めたいだけ攻めさせて、「まいりました、まいりました」と言いながら、ただただ王を逃がしていく。

こんな勝負には堪えられないと、菊池は二番、投了する。

最後の一番は菊池が勝ったというが、全体で見ると、なんと広津側が勝っていたという。

広津が、野口に礼を言うと、野口は次のように言ったという。

「実は、詩では食べられないものですから、私は田舎でしばらく将棋でたべていたことがあるんですよ」

野口雨情は、この年、詩集『都会と田園』で詩壇に復帰し、大正十（一九二一）年には「七つの子」「青い眼の人形」、大正十一（一九二二）年に「赤い靴」などを発表し、本居長世の作曲で全国に名が知られていくことになるが、将棋で食いつないでいたこともあったのである。

野口雨情（一八八二〜一九四五）

茨城県多賀郡磯原村（現・北茨城市）に生まれる。

明治三十（一八九七）年に上京、東京数学院中学を経て東京専門学校高等予科文学科（現・早稲田大学）に進学するが中退。

明治三十八（一九〇五）年、創作民謡集『枯草』を自費出版。札幌に移り北鳴新報社の社会部記者となり、石川啄木と知り合う。

明治四十二（一九〇九）年再び上京するが生活の困難によって帰郷。雑誌「赤い鳥」で北原白秋が行った童謡運動に促されて大正十（一九二一）年、民謡集『別後』、童謡集『十五夜お月さん』を上梓。以後、全国にその名を知られるようになる。

第三章

喧嘩もほどほどに

佐藤の言葉にしょげる芥川、青鯖顔の太宰は中也に蛞蝓《なめくじ》と言い返す。円本で大金拵《こしら》え尻尾を巻いて洋行する久米。菊池は自分がモデルにされたことを怒って暴行を働き、奥さんから中学生のようだと言われる室生犀星。キタナイ小説を書く連中がいるかと思えば、若き将棋の師匠に馬鹿野郎という露伴。

「芥川がえらく、しょげかえっていた」

佐藤春夫の批評に芥川龍之介が――

芥川龍之介

佐藤春夫

文豪の語彙

（筆者注：佐藤春夫と芥川龍之介の）二人の間の競争意識は、かなり激しかったように思う。私は佐藤から、芥川の作品の悪口を何度か聞いた覚えがあり、とくに「妖婆」という小説の批評は、ずいぶん手きびしかった。

芥川の方では、佐藤を尊敬もし、おそれてもいた。佐藤の「妖婆」評が「新潮」に載ったあと、芥川がえらく、しょげかえっていたのを記憶している。

（谷崎潤一郎「佐藤春夫と芥川龍之介」昭和三十九年五月十三日付「毎日新聞」）

「しょげる」という言葉は、今となっては「失望したり失敗したりして、それまでの元気を失う、しょんぼりとなる、しおれる」という意味でしか使われない。

漢字では「悄気る」とも書くが、これは当て字とされる。とは言っても「悄」という漢字は「しょんぼりする」「心細げに心配する」という意味なので、うまく当ててあるなと感心せざるをえない。

さて、この文章では「しょげる」は、もちろん芥川が、佐藤の小説『妖婆』評が雑誌「新潮」に載ったことに対して自分の不甲斐なさを感じ、「意気消沈した」という意味で使ってある。

しかし、「しょげる」という言葉は、じつは江戸時代まで、これとはまったく異なる意味でも使われていた。

「さわぐ、どんちゃん騒ぎをする」という意味である。

一七二五年に初演の浄瑠璃『出世握虎稚物語』には、「夜道の疲れを晴らすには色酒くんでしょげるべい（夜道の疲れを取るには、女遊びと酒でどんちゃん騒ぎをするに限るよ）」などという用例もある。

こちらの意味で取ると、芥川が、佐藤の『妖婆』評が「新潮」に載ったことで、どんちゃん騒ぎをしたということになる。

この方は、漢字で書かれることはないが、「茂る」という言葉が語源で、それが訛って「しょげる」となったらしい。

同じ発音にもかかわらず、まったく意味を異にするおもしろい言葉の例として、紹介しておこう。もしかしたら芥川は佐藤の『妖婆』評を読んでヤケクソになり、どんちゃん騒ぎをしたのかもしれないのだから。


佐藤春夫は、多才な人だった。

小説『田園の憂鬱』や詩集『殉情詩集』、中国の文学『聊斎志異』『今古奇観』のみならず魯迅の『故郷』などの翻訳、さらには俳句にも通じていた。

あまり知られていないことであるが、昭和三十九（一九六四）年の東京オリンピック開会式では、佐藤春夫の「オリンピック東京大会讃歌」が歌われた。

また、門弟三千人と言われ、その中には、稲垣足穂、柴田錬三郎、五味康祐、遠藤周作、安岡章太郎、井伏鱒二、太宰治など著名な作家も少なくない。

さて、谷崎は、こんなことを書いている。


佐藤と私は、若いころよく一緒に、鵠沼《くげぬま》の「あずま屋」という有名な旅館に泊まっていた。芥川もその時分、横須賀の海軍機関学校の教官をつとめ、場所が近いせいか、たびたび鵠沼に遊びにきて、三人でとりとめのないおしゃべりや文学談をやった。

旅館のことだから、三人そろってふろにはいり、お互いのはだかをながめ合う機会も多かった。佐藤は背筋がまっすぐに美しく通っていて胸の筋肉が厚く、芥川とは比べものにならぬほど、りっぱないい身体をしていた。運動こそしなかったが、酒はほとんど飲まないし、父君もたいへんに長寿だったので、芥川はむろんのこと、私だって彼に先立たれるとは、夢にも思わなかった。

それだけに、彼（筆者注：佐藤春夫）の訃音を聞いた時の驚きは、いっそう大きかった。三人のうち、私だけが六つ、七つ年上で、芥川と佐藤は、ほぼ同年配だったと思う。二人はいいライバル同士だったが、文壇的には芥川の方が先に有名になった。

（『谷崎潤一郎全集 第二十五巻』〈中央公論社〉所収「佐藤春夫と芥川龍之介」）

谷崎が妻・千代と小田原に住んでいた頃にも、佐藤はよく谷崎のところに遊びに行っていた。そして、谷崎が千代に冷たくするのを見かねて、千代と話をしているうちに段々と千代と仲良くなってしまう。

谷崎は、千代の義妹・せい子と結婚しようとして、千代を佐藤に譲ると約束するのだが、せい子からフラれて千代を佐藤に渡すことができなくなってしまう。

こうして佐藤と谷崎は絶交してしまうのだ。

「小田原事件」と呼ばれている。大正十（一九二一）年のことだった。

あはれ
秋風よ

情《こころ》あらば伝へてよ
――男ありて
今日の夕餉《ゆふげ》に　ひとり
さんまを食《くら》ひて
思ひにふける　と。

さんま、さんま、
そが上に青き蜜柑の酸《す》をしたたらせて
さんまを食ふはその男がふる里のならひなり。
そのならひをあやしみなつかしみて女は
いくたびか青き蜜柑をもぎて夕餉にむかひけむ。
あはれ、人に捨てられんとする人妻と
妻にそむかれたる男と食卓にむかへば、
愛うすき父を持ちし女の児《こ》は
小さき箸《はし》をあやつりなやみつつ

父ならぬ男にさんまの腸《はら》をくれむと言ふにあらずや。
（中略）
さんま、さんま、
さんま苦いか塩つぱいか。
そが上に熱き涙をしたたらせて
さんまを食ふはいづこの里のならひぞや。
あはれ
げにそは問はまほしくをかし。

（「人間」大正十年十一月号）

佐藤春夫の「秋刀魚の歌」は、谷崎の妻・千代を思ってこの時作られたものである。はたして、それから九年後の昭和五（一九三〇）年になって、佐藤は、谷崎と離婚した千代を譲り受ける。

「細君譲渡事件」と呼ばれるものである。

佐藤は、ラジオで放送される「自叙伝」を録音中に亡くなった。
このことを昭和三十九（一九六四）年五月七日付「朝日新聞」は次のように伝えている。

詩人、小説家、芸術院会員の佐藤春夫氏は六日午後六時十五分ごろ、東京都文京区関口町二〇七の自宅で、心筋こうそくのため突然死去した。七十二歳。大阪の朝日放送ラジオ番組の録音中だった。（中略）

偶然、その死に立会ったのは、この日ラジオ放送用の録音のため佐藤さん宅を訪れていた大阪の朝日放送プロデューサー大熊邦也さん。午後五時すぎから、佐藤さんの書斎に二人きりでこもって録音を始めた。和風にしつらえた十畳ぐらいの静かな書斎。

録音は、ラジオ番組「一週間自叙伝」で、六回に分けて来週放送の予定だった。

大熊プロデューサーの話だと、こころよく録音に応じた佐藤さんは、はじめからいたって上気げんで、第一回の小学生時代、第二回の中学生時代の前半を録音し終えるころまでは、声にもツヤがあり、その直後にやってきた「死」を予感させるようなものはまったくなかったという。

佐藤さんは三回目の中学生時代の後半の録音にかかる前にタバコをすってひと休みしたが、

三回目の途中から急に息が苦しそうになり、大熊プロデューサーが「先生、大丈夫ですか」と声をかけたが、そのとたんに佐藤さんはばったり倒れた。そのときはもう、意識も失っていたようだったという。

「録音中、家人の邪魔がはいらないように」と佐藤さん自身の心づかいで、書斎にはカギがかけられていた。大熊プロデューサーは、驚いて介抱しながら、大声で千代子夫人を呼んだが、カギをあけて夫人が佐藤さんのかたわらへかけつけるのに、三、四分かかったようだということ。そのときはもう、詩人の心臓はとまっていたらしい。佐藤さんの最後の言葉は、中学時代の思い出を語りながら「私は幸いにして……」というところで切れた。そのあと、何を語ろうとしたかはわからない。この最後の言葉の録音は二十日に放送される予定だった。

佐藤春夫の夫人・千代は、昭和五十七（一九八二）年に八十五歳で亡くなった。

また、ふたりの間に生まれた長男・方哉《まさや》さんは、行動分析学の専門家として慶応義塾大学で教鞭を執り、名誉教授となられたが、「方哉」という名前は谷崎潤一郎の命名であった。

佐藤春夫（一八九二〜一九六四）

和歌山県東牟婁郡新宮町（現・新宮市）の医者の家に生まれた。少年期から自我が強く、県立新宮中学に在学中は反抗的な態度がとても強かったという。明治四十二（一九〇九）年、町内有志で開催した文芸講演会で、自然主義文学について解説をしたところ、これが非常に破廉恥だということで無期停学処分となる。

中学卒業後、上京して堀口大学、与謝野鉄幹、与謝野晶子、生田長江と知り合い、与謝野鉄幹が師事した森鷗外の孫弟子をもって任じた。

大正七（一九一八）年に出版した『指紋』に、谷崎潤一郎が序文を書いて言う。「その憂鬱な一句一句読者の神経へ喰い入って行くような文字の使い方、一つ一つ顫《ふる》えて光って居る細い針線のような描写は、悽愴《せいそう》にして怪奇を極めた幻想と相俟って、そぞろに人を阿片喫煙者の悪夢のうちへ迷い込ませる」と記しているほどに、谷崎は佐藤の才能を高く評価した。

詩人として、また中国の古典文学を訳するなど幅広い教養で作品を書くが、晩年は『小説高村光太郎像』『小説永井荷風伝』など、鷗外の史伝小説にならった小説も書いている。

芥川龍之介（一八九二〜一九二七）

東京市京橋区入船町八丁目一番地（現・中央区明石町）の牛乳業を営む家に、辰年辰月辰日辰刻に生まれたことから「龍之介」と命名された。生後九ヶ月頃、実母ふくが発狂したため、ふくの実家・芥川家の養子となった。十年に及び発狂して廃人となった母との生活は、その後の芥川に暗い影響を与える。

府立三中（現・都立両国高校）、一高文科、東京帝国大学文科大学英文科を抜群の成績で卒業する。東大在学中に書いた『鼻』を夏目漱石に激賞されたが、横須賀の海軍機関学校嘱託教官をし、また大阪毎日新聞社社友となるなどして定収入をもらいながら、乱作をしない工夫をして筆を磨いた。

佐藤春夫は、「精巧で俊敏で最新式な感銘を与える小形な作品」と芥川の小説を評価しながら貶《けな》している。高浜虚子に師事し、芭蕉に傾倒した芥川の俳句も評価が非常に高い。

華々しい活動の頂点にあって、突然、自ら命を絶つ。

「青鯖《あおさば》が空に浮んだ
ような顔をしやがって」

中原中也から太宰治――

「蛞蝓《なめくじ》みたいにてらて
らした奴で、とてもつ
きあえた代物ではない」

太宰治から中原中也――

中原中也

太宰治

「鯖」のことを「青鯖」というのは、もちろん鯖が青魚の一種だからである。しかし、この中原中也の言葉の裏には、二歳年下の太宰治のことを「まだ青臭い」と言った意味がほのめかされている。

また、太宰が中也を「蛞蝓」と表現するのも分からない気がしないわけではない。

文豪の語彙

中也のことを一番分かっていた女性は、中也が初めて同棲した三歳年上の女優・長谷川泰子だった。晩年、泰子は『ゆきてかへらぬ　中原中也との愛』（村上護編、角川ソフィア文庫）を口述しているが、それによれば、中也は泰子の前では子どものように甘えん坊で、どこへ行くのかも分からない男だった。

詩以外に中也は何も残していない。詩だけが、中也の足跡を辿ることのできる道なのだ。

せめて死の時には、
あの女が私の上に胸を披《ひら》いてくれるでせうか。
その時は白粧《おしろい》をつけてゐてはいや、
その時は白粧をつけてゐてはいや。

ただ静かにその胸を披いて、
私の眼に輻射《ふくしゃ》してゐて下さい。
　何にも考へてくれてはいや、
　たとへ私のために考へてくれるのでもいや。
　　　　（**中原中也「盲目の秋」**）

この詩が泰子のことを思って書かれていることは確かである。なんとも得体の知れない、「てらてらした」中也の道が光っているようではないか。

さて、中也と太宰が知り合ったのは、草野心平と檀一雄を介してのことで、昭和八（一九三三）年のことだった。「寒い日だった」と檀一雄は書いているだけで、日付はない。宮澤賢治が亡くなったのは同年九月二十一日で、文圃堂の『宮澤賢治全集』が出るのが翌昭和九（一九三四）年十月であるところからすれば、昭和八年も晩秋以降のことであろう。というのは、文圃堂（発行者は、本郷区森川町八三の野々上慶一）が『宮澤賢治全集』を出すから買えと言って、草野心平が中原中也を連れてはじめて檀一雄のところにやってきたと言うのである。

草野、中也、檀の三人が話をしていると、まもなく太宰がやって来て、四人で、荻窪駅北口、アサヒ通りの青梅街道側にあったおでん屋「おかめ」に酒を飲みに行った。

檀一雄が書いている。


初めのうちは、太宰と中原は、いかにも睦まじ気に話し合っていたが、酔が廻るにつれて、例の凄絶な、中原の搦《から》みになり、

「はい」「そうは思わない」などと、太宰はしきりに中原の鋭鋒《えいほう》を、さけていた。しかし、中原を尊敬していただけに、いつのまにかその声は例の、甘くたるんだような響きになる。

「あい。そうかしら？」そんなふうに聞えてくる。

「何だ、おめえは。青鯖が空に浮んだような顔をしやがって。全体、おめえは何の花が好きだい？」

太宰は閉口して、泣き出しそうな顔だった。

「ええ？　何だいおめえの好きな花は」

まるで断崖から飛び降りるような思いつめた表情で、しかし甘ったるい、今にも泣きだしそうな声で、とぎれとぎれに太宰は云った。

「モ、モ、ノ、ハ、ナ」云い終って、例の愛情、不信、含羞、拒絶何とも云えないような、くしゃくしゃな悲しいうす笑いを泛《うか》べながら、しばらくじっと、中原の顔をみつめていた。

「チエッ、だからおめえは」と中原の声が、肝に顫《ふる》うようだった。

そのあとの乱闘は、一体、誰が誰と組み合ったのか、その発端のいきさつが、全くわからない。

少なくも私は、太宰の救援に立って、中原の抑制に努めただろう。気がついてみると、私は草野心平氏の蓬髪《ほうはつ》を握って掴み合っていた。それから、ドウと倒れた。

「おかめ」のガラス戸が、粉微塵に四散した事を覚えている。いつの間にか太宰の姿は見えなかった。私は「おかめ」から少し手前の路地の中で、大きな丸太を一本、手に持って、かまえていた。中原と心平氏が、やってきたなら、一撃の下に脳天を割る。

その時の、自分の心の平衡の状態は、今どう考えても納得はゆかないが、しかし、その興奮状態だけははっきりと覚えている。不思議だ。あんな時期がある。

幸いにして、中原も心平氏も、別な通りに抜けて帰ったようだった。古谷綱武夫妻が、驚いてなだめながら私のその丸太を奪い取った。すると、古谷夫妻も一緒に飲んでいた筈だったが、酒場の情景の中には、どうしても思い起せない。

（檀一雄『小説太宰治』岩波現代文庫）

中也の「青鯖が空に浮んだような顔をしやがって」に対して、太宰が、後から中也に対して檀一雄に言ったのが、「蛞蝓みたいにてらてらした奴で、とてもつきあえた代物ではない」（山岸外史『人間太宰治』筑摩書房）という言葉だった。

中原中也（一九〇七～一九三七）

山口県吉敷郡山口町大字下宇野令村（現・山口市湯田温泉）で生まれる。父親は軍医で山口衛戍《えいじゅ》病院院長。祖母はカトリック信者で、ミッション系の附属幼稚園に通う。小学校では神童と呼ばれ、県立山口中学の時には友人と歌集を出すなど早熟であった。ただ、家が厳格過ぎて中学三年の時、酒に溺れるなどして落第し、生家を離れ、京都・立命館中学に転校した。

十七歳の時、三歳年上の女優・長谷川泰子と同棲し、前年の秋に高橋新吉の詩集『ダダイスト新吉の詩』を読んで感化されダダイズム的詩想が中也を虜にする。

大正十四（一九二五）年、十八歳の時上京し、小林秀雄が語るフランスの天才詩人ランボーの影響を受け、以後、詩生活に進むことを決意した。

大正十五（一九二六）年、詩人・富永太郎、小林秀雄が参加した同人誌「山繭」に、結核で亡くなった富永を讃える「夭折した富永」を寄稿する。これが、中也が書いたものが活字になった初めである。

昭和八（一九三三）年十二月、中原中也は遠縁に当たる六歳下の上野孝子と結婚し、翌年長男・文也を得、またこの年処女詩集『山羊の歌』を文圃堂から自費出版する。

昭和十（一九三五）年前後から「紀元」「歴程」「四季」の同人となるが、二歳になった文也が小児結核で亡くなってしまう。同年、次男・愛雅《よしまさ》が生まれるが、この頃から言動が非常におかしくなり始め、昭和十二（一九三七）年の十月頃には、視力障害、偏頭痛、歩行困難となる。

『在りし日の歌』の原稿を小林秀雄に渡して、帰郷を考えていた矢先、十月二十二日、結核性脳膜炎で亡くなった。享年三十歳。

太宰治（一九〇九～一九四八）

青森県北津軽郡金木村の大地主の家の六男として生まれる。

大正十二（一九二三）年県立青森中学に入学し、この頃、芥川龍之介、菊池寛、志賀直哉、井伏鱒二などの作品を読み、作家になることを思う。旧制弘前高校に入学した昭和二（一九二七）年七月、芥川龍之介の自殺に強い衝撃を受ける。卒業までにすでに二百篇を超える短編小説を試作していたとされる。

昭和五（一九三〇）年、東京帝国大学仏文科に入学、井伏鱒二に師事した。

昭和八（一九三三）年三月、同人誌「海豹」に『魚服記』を発表、また四・六・七月号に『思ひ出』を発表。これが機縁で、古谷綱武の紹介で檀一雄と知り合う。昭和十（一九三五）年八月、第一回芥川賞に『逆行』が候補となるが落選する。以後、『ダス・ゲマイネ』『虚構の春』『HUMAN　LOST』『富岳百景』『黄金風景』『女生徒』などを次々と発表する。

戦後、『斜陽』『お伽草子』『ヴィヨンの妻』『人間失格』などを著すが、過労と飲酒、薬物依存などによって身体の不調を来し、山崎富栄と入水自殺した。

「希望を抱いてといったようなものではない」「尻尾を巻いて逃げる」

久米正雄のスピーチ――

久米正雄

文豪の語彙

「（前略）今私が外国に行こうというのは、皆さんの云われるように、そこに希望を抱いてといったようなものではないのであります。何と云ったらいいか、云ってみれば、尻尾を巻いて逃げる、といった心持なのです。あらゆる意味で、私というものが、一つの行きづまりに来ているためなのです……」

（広津和郎「わが心を語る」〈「改造」昭和四年六月号〉）

「希望」という言葉が使われたのは、中国梁の沈約《しんやく》（四四一〜五一三）が書いた歴史書『宋書』である。「国乱れて朝《ちょう》危うし。（中略）群小相《ぐんしょうあ》い煽《あお》り、構造無端《こうぞうむたん》、幼弱《ようじゃく》を貪利《どんり》し、競い希望を懐《いだ》く」とある。「国が乱れて政府が危なくなる。そうすると多くの凡人たちが互いにそれを煽り、取り返しがつかなくなってしまう。子どもや身体の弱い者たちから利益を貪ろうとし、なんとかならないかと遠い将来に望みを抱く」という意味である。

ところで、「希望」と言えば、魯迅に有名な言葉がある。

「絶望が虚妄であるのは、まさに希望と同じだ」というものである。

一九二五年に書かれた『希望』（『野草』所収）に書かれた言葉である。

自分の前には、星も、月の光も笑いも愛の翔舞もなく、もはや闘うべき「真の暗闇」さえも見えなくなってしまったと、青春が過ぎ去ったのを嘆き、「絶望も希望と同じく、虚妄である」と記すのである。

久米正雄が言う「希望を抱いてといったようなものではない」というのも、まさにこうした青春が過ぎ去って倦《う》んでしまった者の言葉ではないかと思うのである。


大正十五（一九二六）年十一月、改造社・山本実彦は、申込金一円（最終巻に充当）による一冊一円の『現代日本文学全集』全三十八巻を発売すると広告した。

いわゆる「円本」である。

関東大震災の後、日本は不景気のどん底だった。

出版業界も例外ではなかった。

この不況を、大量生産という方法で打開できないかと、思案の末に思いついたのが「円本」だった。

単行本一冊平均二円五十銭の時代に、「菊判三段組み、六号活字、総振り仮名付き」平均ページ数三百頁で一円、つまり単行本の約三冊分が一冊にまとめられ、読者にとってはとても廉価《れんか》になっている。

しかし、これが売れるかどうか、……博打であった。

そして、この博打が大きく当たった。

なんと一ヶ月で二十三万部の予約が殺到し、半年後には五十万部を突破した。

当時の一円は、現在のおよそ三千円に当たる。

改造社のこの成功を見て、すぐこれを真似たのが新潮社だった。全国で文芸講演会を開催し、広告映画まで作り、『世界文学全集』『現代長篇小説全集』などを編纂する。

はたして、春陽堂、平凡社、講談社、興文社、日本評論社などが、個人全集などを出版し「円本全集黄金時代」が到来することになるのである。


文士と言えば貧乏……というイメージは、円本黄金時代を迎えて一気に払拭《ふっしょく》された。

永井荷風は、昭和三（一九二八）年一月二十五日の『断腸亭日乗』に、改造社と春陽堂から、なんと五万円の印税をもらったと記している。

当時の大卒の公務員初任給が三百四十円の時代に、である。

荷風ほどの作家でなくても、この「円本」のお陰で、それまでほとんど無名の作家たちまで、大金をつかむことができたのだ。

作家がタナボタでお金を手に入れると何をするか。

まず、洋行である。

「円本」で作家が潤った昭和二（一九二七）年は、ロシア革命からちょうど十周年を迎えた時で、社会主義思想に影響を受けた人たちは、競ってシベリア鉄道でモスクワへと向かった。

たとえば、昭和二年十月十三日の午前十一時、モスクワ駅に降りたのは劇作家、小説家でエスペラント語もできた秋田雨雀《うじゃく》だった。

そして、雨雀に二ヶ月遅れてモスクワにやって来たのは、中条百合子（後の日本共産党委員長宮本顕治の妻、宮本百合子）である。

このように、左傾化した作家たちは、将来の日本や明るい共産主義などを胸にモスクワへと向かったのだが、久米正雄のヨーロッパ行きは、どうやらそうした考えではなかったようである。

なぜだったのか——。

久米正雄は、東京帝国大学文学部英文学科在学中に漱石の門人となり、大正五（一九一六）年には芥川龍之介や菊池寛らと第四次「新思潮」を創刊するなど、新進気鋭の作家として登場した。

しかし、女癖がとても悪かったのだ。

ちょうど第四次「新思潮」を創刊する頃には、中条百合子と恋愛関係にあったし、なんといっても、久米は漱石の長女・夏目筆子に結婚の申し込みをして、漱石夫人・鏡子から怒りを買ったりしているのだ。

破談になった理由は、夏目家に、久米をよく知るという女性から「久米はいろんなところで女に手を出し、しかも性的不能者だ」などというブラックメールが届いたりしたことだった。

久米は、筆子に恋心を抱いて破談になるまでのことのみならず、同じく漱石門下で一高からの友達であった松岡譲が筆子と結婚すると、松岡を恨むようなことを小説に書くなどして人気を得ていくが、だんだん大衆小説家と馬鹿にされるようになっていく。

そして、待合「ゆたか」の芸妓、奥野艶子と結婚したのだった。

純文学を書きたいとは思いながら、いつしか通俗作家というレッテルを貼られてしまい、しかし妻・艶子の手前、私小説を書くこともままならず、袋小路に入り込んでしまっていたのだった。

久米夫妻、洋行の歓送会が行われたのは昭和三（一九二八）年十一月六日の夜のことだった。

場所は丸の内、東京會舘。

発起人は山本久三郎（帝国劇場専務取締役）、大谷竹次郎（松竹興業株式会社（現・松竹株式

会社」)、小林一三(阪急電鉄)など財界の名士で、菊池寛、里見弴、山本有三、徳田秋声、佐佐木信綱、斎藤茂吉、広津和郎など著名人が九十人ほども集まった。

チキンブロース、鱒のマヨネーズソース、鶏肉のソテー、ビーフブレゼー……など豪華なフランス料理を食べながらのこの会の最後に、近松秋江と菊池寛が挨拶をしたあと、久米が謝辞を述べたのだった。

「今皆さんからの、いろいろの御忠告を聞き、いろいろの御期待を聞きましたが、併し今私が外国に行こうというのは、皆さんの云われるように、そこに希望を抱いてといったようなものではないのであります。何と云ったらいいか、云ってみれば、尻尾を巻いて逃げる、といった心持なのです。あらゆる意味で、私というものが、一つの行きづまりに来ているためなのです……」という意味の言葉を述べた。

(広津和郎「わが心を語る」)

ただ、巌谷大四『瓦板昭和文壇史』にはこの時の演説は、次のように記されている。

「私は昔から賑やか好きな派手な印象を与え、積極的な花やかな人間のように思われているが、私はむしろ消極的な性格である。今度の外遊も進んで外国へ踏み出すというより、日本を夜逃げするというのが私の実感である。年来のズボラから目に見える積悪のむくいとでもいうようなものを感ずる。このままでいたらどこまでグウタラになるか分らない。それに年をとったせいか、消極的な性格からか、だんだんに物に興味をもてなくなりそうなので、今のうちに若い時の素質を清算したいのと、一つは夫婦生活の倦怠を救うために――、それには洋行よりも別居する方がいいかも知れないが、もう一つの方法として、一時日本をのがれて、出来るものなら新しい気持ちを得て来たいと思って外遊を思い立ったのであるが、いろいろな機会が自分達にそれを決行させることになった。――こんな拙いテーブルスピーチをしたことは今までにないように思うが、こう正座に夫婦並んで坐らせられたためかも知れない。今から次に帰って来た時の歓迎会をして頂くのを予期するのは僭越ですが、その時にはもっと上手なお話をいたしましょう」

久米の洋行は、本当のところは、夫婦の倦怠を解消するものだったのかも知れない。

帰国後、久米は、石橋湛山の後を継いで鎌倉町会議員に出馬し、トップ当選を果たすのだが、まもなく花札賭博で警察に検挙されるなどするのである。

久米正雄（一八九一〜一九五二）

長野県小県郡上田町（現・上田市）に生まれる。父は小学校校長だったが、明治三十一（一八九八）年に起こった小学校の失火で、御真影《ごしんえい》を焼失した責任をとって割腹自殺をした。母の実家である福島県安積郡桑野村（現・郡山市）に移り県立安積中学校に進む。この頃から俳句を作るようになり、正岡子規の弟子である河東碧梧桐を師として句作を行った。

安積中学校からの推薦で、一高一部乙（英文科）に無試験で入学し、芥川龍之介、菊池寛、松岡譲、山本有三、土屋文明などと同級であった。大正四（一九一五）年十二月、芥川とともに夏目漱石を訪ね、門下に名を連ねる。

翌年、東京帝国大学文科大学英文学科在学中に芥川、菊池、松岡らと第四次「新思潮」を創刊し、『父の死』を発表する。

漱石の死後、漱石の長女・筆子と結婚を願うが叶わず、傷心、郷里に帰るが、再び作家としての道を摸索して上京する。菊池寛の推挽で「時事新報」に『蛍草』を連載して好評を得、『月よりの使者』などの小説を書いて、「流行作家」と目されるようになる。

英国皇太子の戴冠式に合わせて渡英、戦時中は日本文学報国会の常任理事を務め、戦後は鎌倉文庫社長となり雑誌「人間」を創刊した。

「モデル問題から憤激し　菊池寛氏の暴行」

昭和五年八月十八日付「東京朝日新聞」――

菊池寛

文豪の語彙

「憤激」という言葉は、「怒って心が激しくいきり立つ」ことを意味するが、「憤」とされる怒り方は、どのようなものだろうか。

「火山の噴火」というような場合でも「憤」の右側「賁」が使われるから、想像はつくかもしれないが、もともと「賁」は、「奔」と「貝」で作られた漢字である。

「貝」は「固く殻を閉じていること」、また「奔」は「人が急に走り出すこと」を意味する。

つまり、「それまで固く静かにしていたのが、急に飛び出すこと」を表す。

これに心が付いて、「心が、いきなり行動へと駆り立てる」ことを意味する。

ただ、「憤激」は、「忿激」とも書かれた。

「分」は、「刀で、物を八つ裂きにすること」を表し、これに「心」が付いて、「心がバラバラになってしまうこと」を表す。

いずれにせよ、怒りによって心が乱れてしまうことである。

菊池寛も、自分をモデルとされたことから「心が乱れ急に行動を起こし」、人を暴行するに及んだのである。

昭和五（一九三〇）年、広津和郎は、雑誌「婦人公論」に小説の連載を始めた。タイトルは

『女給』である。

女給とは、明治末年から昭和初期に掛けて、和服の女性が白いエプロンをつけて、給仕をしたりお酌をしたり、時には一緒に席について話したりする女性のことである。

パリには「カフェー」というものがある。芸術家、哲学者、文学者がカフェーに日夜集まって、のべつ談義をしている。東京にもそんなカフェーを作りたい！と言って、画家・松山省三が作ったのがカフェー・プランタン（当時京橋区、現在の銀座八丁目）だった。

明治四十四（一九一一）年のことである。

コーヒーにワインやシェリー酒などの洋酒を揃え、ソーセージ、スパゲティ、グラタン、焼きサンドイッチなども出されるハイカラな店だった。

会費五十銭で維持会費を募り、会員は二階の会員専用の部屋が使えるようになっていた。

文学者としては森鷗外、永井荷風、谷崎潤一郎、岡本綺堂、北原白秋、島村抱月、画家は和田英作、岡田三郎助、岸田劉生、それに歌舞伎役者の市川左団次なども名を連ねていた。

以来、銀座には、たくさんのカフェーができ、ここに文学、芸術が花開いていったのだった。

さて、中央公論社の雑誌「婦人公論」に広津和郎の『女給』という小説の連載が始まったのは昭和五年八月のことだった。

連載にあたって、「婦人公論」は、「文壇の大御所、モデルとして登場！」と大きく新聞に広告した。

当時、「文壇の大御所」と言えば、ずばり菊池寛を指すことになっていたし、小説『女給』の主人公・吉水薫は、「太った文壇の大御所」として書かれ、読んですぐに分かるとおりの菊池寛だった。

また「女給」こと小夜子は、本名が杉田キクエに違いなかった。

というのは、菊池は、毎晩のように銀座のカフェーに通い、女給たちにチップをはずむのだが、とくにキクエをあの手この手で口説いたことがおもしろおかしく記されるのである。

吉水さんは帰り際に、

「さあ、君握手しよう」

わたし何気なく手を出すと、吉水さんの指の短い丸っこい手がわたしの手をぎゅっと握りしめました。そして握った拍子に紙の丸めたようなものが無造作にわたしの掌の中に押し込まれました。あっと思ってわたし無意識に軽く頭を下げましたわ。

だってそれが十円札を小さく丸めたものだったんですもの。

（中略）

或日、吉水さんがわたしにこう云いました。

「明日横浜のオデオン座に行かないか？」

「ええ、先生がつれて行って下さるなら、わたし喜んで行きますわ」

と言いながらじつは、

御飯を食べてしまうと、

「君、一寸隣りの部屋に行こうよ」と吉水さんが云いました。

隣りの部屋がどうなっているかわたしにはちゃんと解っていました。もう少し前女中が「お支度が……」というような事を云って、手をついて、お時儀をして引っ込んで行った時から、わたしにはそれが解っていました。それだから身体にスキのないように身構えていたんですの。

「君、一寸隣りの部屋に行こうよ」

吉水さんはわたしが黙っているので二度云いましたが、わたし何だか可笑しくて堪りませんでした。だってその云い方が余り不器用なんですもの。

「厭です」と云うと、

「そんな事云わないで、一寸でいいから行こうよ」

「昼間っから、そんな事って……おかしいわ」

「いいじゃないか、一寸行こうよ」

「厭です」


（『広津和郎全集 第五巻』〈中央公論社〉所収）

こんなふうに吉水と菊池は女を口説いていくのである。


これを読んだ菊池寛が、腹を立てないわけがない。

「自分も作家だから、モデルにされることには苦情はないが、扱い方があまりに露骨で、そのうえ歪曲されている。広告文なども実に大げさで、読者の好奇心をあおり立てるものだ」（巌谷大四『瓦板昭和文壇史』時事通信社）とのことで中央公論社の社長・嶋中雄作に宛て、「僕の見た彼女」というタイトルで、自分にも文章を書かせるようにと依頼したのだった。

もちろん、こんなにおもしろいことはない！と、嶋中は「婦人公論」に菊池寛の文章を載せたのだが、タイトルを「僕と小夜子との関係」と、勝手に改題してしまう。

この改題に、菊池はカンカンになって憤激し、中央公論社に怒鳴り込む。

対応に出たのは、「婦人公論」の編集長・福山秀賢だった。

菊池は、「誰の許可で、あんな題でおれの文章を載せたんだ！」と叫ぶ。

「べつに、誰の許可も受けません。あの方が、我が社として効果的だと思ったからです」

「効果的？　なんだと！　執筆者に無断で、社に効果的だからといって、勝手に題を変えてしまうなんて！」

「まあ、そんなに怒ることないじゃありませんか。タイトルが二、三字変わっただけで、内容に変わりはないんですから」

「ふざけたこと言いやがって！」

「ふざけたことって、これくらいのことでいきり立つなんて！」

「なんだと！」と言って、菊池は、福山をいきなり撲り始める。

すると、そこに社長の嶋中が飛んで来て、この喧嘩を止めさせたという。

しかし、このことが新聞にでかでかと出る。

「婦人公論掲載広津和郎氏作長編小説『女給』のモデル問題から文壇一方の旗頭菊池寛氏と中央公論社との間に紛議を醸し、菊池氏は十五日午後一時半頃中央公論社に至り編集室において婦人公論編集主任福山秀賢（三五）氏の頭部を拳固で殴りつけるに至り事件は遂に悪化し告訴ざたにまで至るものと見られるに至った」（昭和五年八月十八日付「東京朝日新聞」）

ここに書かれるように、中央公論社は菊池寛を暴行罪で告訴すると言い、はた、菊池寛は中央公論社の嶋中社長と「婦人公論」の福山編集長を名誉毀損で訴えるというのだ。

しかし、この一部始終を聞いて、困り果てたのは、『女給』を書いた広津和郎だった。

菊池寛を怒らせた原因は、自分にある。

あんな小説書かなきゃ良かった……どの面下げて菊池に会えばいいのか……と思いあぐねている矢先、水泳競技を見に行こうと神宮外苑を歩いていると、向こうから菊池寛がやってくる。

逃げ出すわけにもいかず、菊池に挨拶をすると、菊池が言うのだ。

「どうして、君が、調停に出てくれないんだ」

「菊池、お前、オレに怒っているんじゃないのか?」

「怒るはずないじゃないか、オレと君は友達だろう。オレが怒っているのは中央公論社だ!」

「そ、そそそうか。ぼくは、自分が書いた話でお前を怒らせたんじゃないかと、困ったことになったと思っていたんだ」

「なんだ、この前、久米正雄が調停に行ってくれたんだが、嶋中は、文壇全体を敵にしても、菊池の暴力を許さないと言って引き下がらなかったんだ。君が調停に出てくれれば、嶋中も話を聞いてくれると思うんだが」


こう言われて、広津は、さっそく嶋中を訪ねたのだった。

しかし、嶋中は、強硬だった。

「この菊池の暴力は、個人の問題ではなく、これまでのそしてこれからの執筆者と編集者との間にある力関係を正常にするためにも、この問題を公にしなければならないのだ!」と、広津に迫ったのだった。

しかし、これに対して、広津は、それなら、もう『女給』の連載は止めようと言ったのだった。

この答えに驚いたのは、嶋中である。

「それは、止めて下さい。みんな続きを楽しみにしているんだから！」

はたして、この一連のことが話題になって、「婦人公論」は追加注文が殺到し、『女給』の連載は、昭和七年二月まで、成功のうちに続いたのだった。

広津和郎（一八九一～一九六八）

東京市牛込区矢来町（現・新宿区矢来町）に生まれる。小説家・広津柳浪の次男。広津柳浪は、永井荷風の師である。

和郎は麻布中学に在学中、十六歳の時に『微笑』という小説を書いて「万朝報」の懸賞小説に当選する。

早稲田大学文科予科に入学。谷崎潤一郎の弟・谷崎精二、坪田譲治、日夏耿之介と同級だった。早稲田大学英文科に進み、葛西善蔵らと雑誌「奇蹟」を創刊する。

宇野浩二、志賀直哉ととくに親しく、昭和二十四（一九四九）年に国鉄、東北本線松川駅と金谷川駅の間で起きた列車往来妨害に関するいわゆる松川事件については、広津が、宇野浩二、志賀直哉はもちろん、吉川英治、川端康成、松本清張、武者小路実篤、佐多稲子、壺井栄などの支援を求め、雑誌「中央公論」で、有罪とされた二十人すべてを無罪へと逆転させた。

このことを書いた『松川裁判』、『志賀直哉論』『歴史と歴史との間』『同時代の作家たち』などの他、小説としては『神経病時代』『やもり』『二人の不幸者』などがある。

「まるで中学生のようではございませんか」

室生犀星に妻が——

室生犀星

文豪の語彙

わたくし、いいすぎるようでございますけれどもっと勇気がいるとおもいますわ。あんなにおとなしくしていらっしゃってはまるで中学生のようではございませんか。こんな失礼なことを言ってごめんあそばせ。

（室生犀星『あにいもうと・詩人の別れ』講談社、『つくしこいしの歌』）

「つくしこいし」は、ふつう「つくつくぼうし」と呼ばれるセミを方言で呼ぶ言い方である。『物類称呼』（一七七五年刊）には「近江にて、つくしこひしと云う」とあるが、現在でも石川県また大分県でも「つくしこいいし」「ちくしこいし」「つくずくこいし」などと呼ぶところがあるという。

古く、平安時代は、「つくつくぼうし」は「くつくつほうし」と呼ばれていた。これが和歌の世界で、「うつくしよし」と歌っているように聞こえるということから次第に「つくつく」となり、室町時代後半になって、「つくつくほうし」が主流となった。ただ、その過程で「うつくしよし」が言葉遊びの言葉として「筑紫、良し」「筑紫、恋し」となり、旅に出て死んだ筑紫の人が、この蝉になったという伝説を生むことになった。

貝原益軒の『大和本草』（一七〇九年刊）には、「此蝉夏は不鳴《なかず》。八九月晩景になく。俗につくしよしとなくと云もの也」と記される。

室生犀星が、浅川とみ子と結婚したのは、大正七（一九一八）年のことだった。

『つくしこいしの歌』は、ふたりの結婚の前までに交わした恋文のうち、とみ子が書いたものを集めて短編の書簡小説にしたものである。

昭和十四（一九三九）年八月雑誌「新女苑」に発表後、十月に実業之日本社から単行本として出版された。

じつは、この短編が発表される前年、昭和十三（一九三八）年十一月、妻・とみ子は、脳溢血で倒れたのだった。

妻への想い、妻の病に対する哀しみが、この短編には満ち充ちている。

ふるさとは遠きにありて思ふもの
そして悲しくうたふもの
よしや
うらぶれて異土の乞食《かたゐ》となるとても

帰るところにあるまじや

という詩は、犀星の名作としてよく知られるが、ここに記されるように、犀星にとって故郷・金沢は、悲しさに満ちたものだった。

というのは、犀星は、加賀藩足軽組頭・小畠弥左衛門吉種と、女中・ハルの間に生まれた子どもで、生まれてまもなく真言宗住職の室生真乗の内縁の妻・赤井ハツに引き取られるなど、両親の顔も知らず育てられたという過去があった。

夏の日の匹婦の腹にうまれけり

これは、『犀星発句集』（一九四三年刊）に収められた句であるが、犀星は、子どもの頃から「お前はオカンボ（妾）の子」と言って虐《いじ》められていた。

小説七百五十篇、随筆千九百篇、詩二千三百篇、短歌三百首、俳句千八百首など多作の作家として知られるが、この作品の多さは、なにか心の底にある、ある種の空白を埋めているようにも感じられる。

ところで、犀星夫人・とみ子は、明治二十八（一八九五）年、金沢市に生まれた。

犀星より六つ年下で、女学校時代から地元の新聞や雑誌に短歌などを投稿する文学少女だった。

だれか文学に興味がある女性と文通がしたいと、犀星がある時、甥の小畠貞一に依頼し、小畠がとみ子を紹介したという。

この時、犀星は二十八歳、とみ子は二十二歳になっていた。

大正六（一九一七）年のことである。

すでに、犀星は、北原白秋に認められ、萩原朔太郎と同人誌「感情」を発行するなど、詩人としての地位を確立する機運が高まっている時代で東京におり、とみ子は金沢市内の新竪町尋常小学校の教員をしていた。


何度もおてがみいただきながらお返事もさしあげず失礼のほどおゆるしくださいませ。きっと生意気な女と思召していらっしゃるでしょうがどうお返事していいやら分らぬままにきょうまでのびのびになってしまいました。あなたからああいうおてがみを戴くということだけでも、そんなことは有りえない奇蹟のようなことに思われます。わたくしのような田舎女

にどういうお考えがあっておつきあいをお求めになるのかそれすらよくのみ込むことができませんのに次から次におてがみを戴き、嬉しいやら困ってしまうような又悲しいような気になりきょうまで何も申し上げませんでした。（五月十日付）

こうして二人の文通が始まって行く。

おてがみを戴きすぎて毎日どきどきして来てこまって了います。郵便屋さんが見えることがわたくしには恐ろしいことをしはじめているようですぐに心があおざめるような気がいたします。なぜ、わたくしをそのままにして置いていただかれないのでしょう。田舎者のわたくしの心をあおって何になさるおつもりでしょうか。おいたならおやめくださいませ。それにわたくしはたくさんの生徒を受持っている身の上でございますからおてがみはおかきくださいますな。（五月十八日付）

犀星は、はじめからとみ子と結婚することを目的に、文通を始めていたのだ。

五月二十八日付の手紙には、「（前略）あなたがいつも性急にあらたまった気分でお話しくださいますことは分りますけれど、わたくしは只今はとうてい結婚の時期ではございませんし、母のためにもっともっと働いてやりたいと考えております」。

ただ、とみ子は、結婚にはまだ早いと思っていた。

ところが、九月には、とみ子も、犀星に惹かれていく。

ある目的どころか全部が一つの目標をめざして進んでいることも疑わなくなりました。こんどはお逢いしてもわたくしのことですから能くお話ができるかどうか分りませんけれど、お逢いすればだまっていても、みんな解ってくるものがあると思います。（中略）**一そ早くいらして早くお逢いしてしまえば心配もなくなるのでしょうに、逢わないでいることが却って気持を重々しくしてくるようでございますのね。**（九月十日付）

はたして、犀星ととみ子は、九月十八日に出会うことになる。

只今おてがみを読み驚きました。こちらにとうにいらっしていたことを初めて知りました。

わたくし、七時半には桜橋の土手のうえにまいり、桜橋の方に向いて歩いて行くことにいたします。

かさねて申し上げておきますがわたくしに余りたくさんのものを期待しないで下さいませ。わたくしは田舎の女教員にすぎませんからお逢いして失望しないで下さいませ。

そして翌日の手紙には、「お逢いしてから大きい安心のようなものがわたくしを支配しているのに驚いたくらいです」と、とみ子は記している。

「二人で共力して姉や母を説き伏せたいとおもいますけれど頑固な姉がどういうふうに言ってくれますか、姉だけが承諾してくれれば母は何とも言いはしません。姉の言いなりになっています母ですからこのほうの心配はございません」

と、とみ子は犀星の結婚の申し込みを受けることになるのである。

九月二十二日、犀星は東京に帰った。

駅には県庁の人や学校の校長先生など、とみ子の知っている人の見送りでいっぱいだった。犀星は、自分を、遠くから見つめるだけで、ちっともこちらに来て、話してくれようともしない。

そんな犀星に対して、とみ子は、こう思うのだ。

「わたくし、いいすぎるようでございますけれどもっと勇気がいるとおもいますわ。あんなにおとなしくしていらっしってはまるで中学生のようではございませんか。こんな失礼なことを言ってごめんあそばせ」

犀星が、小説を数多く発表するのは結婚から十年余り後のことである。

昭和十（一九三五）年には『あにいもうと』で文芸懇話会賞を受け、芥川賞銓衡委員となるなど、文学者として成功の道をひたすら進んでいくことになる。

犀星に、もっと勇気を持って仕事をするようにと、とみ子は懸命に応援したのではなかったか。

「つくしこいし」とは、「つくつくぼうし」と呼ばれる小さな蟬のことを呼ぶ金沢の方言だという。

『つくしこいしの歌』は、とみ子の次のような言葉で結ばれている。

夕方、まだ明るいうちにふと思い出して例のお逢いした桜橋への土手を懐しく歩いていま

したら林の中にはまだつくしこいしの声がのこり、わたくしはそこにしばらく立って川床にみだれた芦《あし》や葦《よし》にすぎる、静かな風を見送っていました。此処でお目にかかった二度と、突然に裏町にお行き会いしたあの日にゆうべを加えて四度お目にかかっているのに、ふしぎにわたくしはもうお側に行っているような気がしてなりません。この土手はきょうは妙にいろいろな飾りが施されて音楽さえも感じられるほど賑かに土手には咲くものは咲いています。ことに蛁蟟《つくしこいし》の声はなんともいえぬ美しさで勇ましく鳴き立ち、夏と秋を受けわたしをしているようでございます。間もなくここを去ってそちらにまいることを考えますと、美しい名前のつくしこいしの一羽一羽にもお別れをしてあげたいような気がいたします。

室生犀星（一八八九〜一九六二）

石川県金沢市に生まれる。生まれてすぐに養子に出され、「お前はオカンボ（妾の意味）の子」と同世代の子どもたちに言われて育ったという。金沢市立長町高等小学校を中退して金沢地方裁判所に給仕として就職する。

ここで俳句、詩、短歌などを学び、大正二（一九一三）年、北原白秋に認められ、また萩原朔太郎を知る。

　昭和五（一九三〇）年以降、再び小説を書き始め、『あにいもうと』で文芸懇話会賞を、また戦後は、自伝的小説『杏っ子』で読売文学賞、『我が愛する詩人の伝記』で毎日出版文化賞を受賞した。

「そんなキタナイ小説は嫌いだ」

室生犀星が芥川賞銓衡委員会で――

「君の小説だってキタナイじゃないか」

宇野浩二が室生犀星に――

宇野浩二

室生犀星

文豪の語彙

「そんなキタナイ小説は嫌いだ」「君の小説だってキタナイじゃないか」のやり取りは、巌谷大四『瓦板昭和文壇史』（時事通信社）に詳しい。

「キタナイ」と〈カタカナ〉で記される。もし、これが「汚い」とか「きたない」と〈漢字〉や〈ひらがな〉で書かれていたらどのような感じを受けるだろうか。

「汚」という漢字を見ると、つい「汚物」とか「汚染」などの熟語を思い浮かべ、すでに不潔なものが染み込んでしまっているような印象を受ける。

また「そんなきたない小説」「君の小説だってきたないじゃないか」と書かれていたとすれば、「きたない」ことがまったく印象として残らず、さらりと受け流されてしまうような感じがする。

これは、〈漢字〉で書かれたものが何か古びた権威のあるものを人に感じさせ、それに対して〈ひらがな〉で書かれたものは、われわれの眼にすんなり受け入れられる言葉として意識されているからであろう。

それでは、〈カタカナ〉で書かれた「キタナイ小説」はどうか。

〈カタカナ〉で書かれると、新鮮さを感じないだろうか。

生き生きとした「キタナサ」とでも言うべきキラキラと光るものがそこにはある。「君の小説だってキタナイじゃないか」にしても、完全に「汚い」と言って蔑むのではなく、生々しいという意味での「キタナサ」が感じられる。

日本語の表記に、〈漢字〉〈ひらがな〉〈カタカナ〉があること、そしてその表記によって我々の語感が違うというのは、とてもおもしろいことだと思うのである。


火野葦平の『糞尿譚』という小説が、昭和十二（一九三七）年下半期、第六回芥川賞を受賞したのは、昭和十三（一九三八）年のことだった。

「貴様たち、貴様たち、負けはしないぞ、もう負けはしないぞ、誰でも彼でも恐ろしいことはないぞ、俺は今までどうしてあんなに弱虫で卑屈だったのか、誰でも来い、誰でも来い、彦太郎は初めて知った自分の力に対する信頼のため、次第に胸のふくれ上って来るのを感じた。誰でも来い、もう負けはしないぞ、寄ってたかって俺を馬鹿扱いにした奴ども、もう俺は弱虫ではないぞ、馬鹿ではないぞ、ああ、俺は馬鹿であるものか、寿限無寿限無五光摺りきれず海砂利水魚水魚末雲来末風来末食来寝るところに住むところや油小路藪小路ぱいぽぱいぽぱいぽのしゅうりん丸しゅうりん丸しゅうりん丸のぐうりんだいのぽんぽこぴいぽんぽこなの長久命の長助、寿限無寿限無五光摺りきれず海砂利水魚水魚末雲来末風来末食来寝るところに住むところや油小路藪小路ぱいぽぱいぽぱいぽのしゅうりん丸しゅうりん丸しゅうりん丸のぐうりんだいのぽんぽこぴいぽんぽこなの長久命の長助、さあ、誰でも来い、負けるもんか」と叫びながら、糞尿をまき散らすというところで終わる短編で、雑誌「文学会議」に発表されたものである。

候補作として、同時に挙げられていたのは、中本たか子『白衣作業』、大鹿卓『探鉱日記』、間宮茂輔『あらがね』、和田傳『沃土』、中谷孝雄『春の絵巻』、伊藤永之介『梟』だったが、そのうち、火野葦平の『糞尿譚』が芥川賞を獲得したのだった。

さて、この芥川賞銓衡委員会が開かれたのは昭和十三（一九三八）年一月二十一日だった。

「今回のものには、あまりいいのがないなぁ」と委員の誰かがぼそっと言った。「該当作なしにするか？」

すると、宇野浩二が言った。

「『糞尿譚』という変な話があるよ」

久米正雄は「おもしろいかもしれないが、これを受賞作とするわけにもいかないだろう」と言う。

佐藤春夫が、この言葉を受けて「芥川賞じゃなく、岩野泡鳴賞くらいだろう」と言った。

菊池寛が、じつはまだ読んでいないと言うと、久米が内容を説明した。

質朴な糞尿汲み取りの青年の怒りの話だ。最後に彼は、糞尿をまき散らし、そのクソの雨に夕陽が燦然と輝くんだと言った。

菊池は「それはおもしろそうだ」と言う。

ところが、室生犀星は、「わしはそんなキタナイ小説は嫌いだ」と言う。

すると、宇野が「君の小説だってキタナイじゃないか」と混ぜ返す。

結局、菊池寛がこれを読んで、受賞と決まったのだった。


さて、この火野葦平の受賞には後日談がある。

火野は、芥川賞を受賞した時、日中戦争で召集され、中国の杭州にいた。

賞金と記念品の時計を持って、この受賞を知らせに行ったのは、小林秀雄だった。

小林が、火野の上官にその旨を伝えると、上官が「その賞はどういうものか?」と訊ねた。

小林は「芥川賞は、軍人の金鵄《きんし》勲章のようなものです」と咄嗟に答えた。

すると、上官は、部隊で盛大な授賞式を行おうと言明し、部隊全体を本部の中庭に整列させ、火野伍長を呼び、授賞式を執り行った。

火野は、前線では金はいらないと言って、郷里の母に送ることを小林に依頼した。

はたして、時計だけは持っておくといい、以来、三十回以上もガラスや針の付け替えなどを行いながら、死ぬまでこの時計を愛用したという。

火野葦平（一九〇七〜一九六〇）

福岡県遠賀郡若松町（現・北九州市若松区）に生まれる。

若松尋常小学校を経て、福岡県立小倉中学校入学。中学の頃から夏目漱石、芥川龍之介、佐藤春夫、北原白秋のものを読み、文学に志す。四年生の時『女賊の怨霊』を書き、教師に叱られる。

十六歳の時、早稲田大学第一高等学院に入学し五百枚の小説『月光礼讃』、また同じく五百枚の小説『ぬらくら者』（後に『思春期』と改題）、二百枚の小説『山の英雄』を書く。昭和三（一九二八）年、福岡第二十四連隊に幹部候補生として入隊するが、伍長として除隊。昭和十二（一九三七）年、日中事変の勃発で応召され、杭州湾上陸作戦に参戦した。

芥川賞を受賞したために、中支派遣軍報道部に転属され、昭和十三（一九三八）年五月の徐州会戦に従軍し、この時のことを『麦と兵隊』として小説にする。

昭和十八（一九四三）年五月から翌年四月まで「朝日新聞」に小説『陸軍』を連載。原稿用紙にして千数百枚に及んだというが、日の目を見ることがなかった。戦後まもなく文筆家としての追放指定を受けるなど、戦後は「兵隊作家」と呼ばれ、不当な評価を得て読まれることがなくなった。

「木村の馬鹿野郎！」

幸田露伴が病床で——

幸田露伴

文豪の語彙

幸田露伴が病床で発した「木村の馬鹿野郎！」は、精神科医の春原千秋『将棋を愛した文豪たち』（メディカルカルチュア）で紹介されている。

「野郎」という、人を罵って言う言葉は、江戸時代になってから生まれた。もともとは、男色を売る、いわゆる「陰間《かげま》」を呼ぶ言葉として作られたらしく、一六八二年に出版された井原西鶴の『好色一代男』に見えている。

ところで、「陰間」は、まだ舞台に出ない少年の歌舞伎俳優で、彼等は、宴席に侍《はべ》って男色を売った。つまり「童」であるが、この「ワラハ」が「ワラウ」「ヤラウ」「ヤロー」と変化し、「野郎」の漢字が当て字として使われるようになったのである。

もちろん、「木村の馬鹿野郎」には、「陰間」の意味などない。

ただ、露伴の頭の中には、木村義雄を師としながらも、四十歳近くも年の離れた木村を「若い男」と思う気持ちがなかったとは言えないだろう。

幸田露伴と言えば尾崎紅葉、坪内逍遥、森鷗外と並び称される文豪として『五重塔』などの名作で知られている。

もちろん、露伴は文豪ではあるが、囲碁、釣り、料理、写真、舟、凧揚げなどあらゆる面に興味を拡げて考証する博物学者でもあった。将棋にも詳しく、『将棋雑考』『将棋雑話』など、将棋に関する研究は『露伴全集』に収められている。

露伴が将棋を始めたのは、一ツ橋にあった東京府第一中学に入学した十二歳の頃だった。しかし、家の都合で、露伴は府立第一中学を辞めねばならず、将棋の研鑽《けんさん》も頓挫したのだった。その後、独学で電信技手となり、北海道余市で坪内逍遥の『当世書生気質』などを読んで文学者を志し、東京に舞い戻り、文学の道を歩み始める。

将棋に再び沈潜するのは、幾美子夫人と結婚した明治二十八（一八九五）年三月頃からだった。この時、露伴は、第十二世名人・小野五平のところに稽古に通っている。

露伴の自作年譜には「将棋に耽る」と記されている。

しかし、翌年には、「妻の諫《いさめ》によりて将棋より遠ざかる」と記される。

幾美子夫人は、とてもできた女性で、夫婦仲も円満だった。……「妻の諫」とは、いったいどういうものだったのだろうか。

筆者は未見だが、富山県の登山家、吉澤庄作が、露伴を黒部峡谷に案内した時に露伴が話したことが「幸田露伴先生と語る」という題で、雑誌に載っているという（春原千秋『将棋を愛した文豪たち』)。

それによれば、露伴は、夫人と一緒に、ある日、修善寺に遊んだ際、ある人と将棋を指し、一手の誤りで負けてしまった。

露伴は、その夜眠れず、唸りながら対局を頭で再現すると、ようやく勝ち筋を見つける。そして、「分かった!分かった!」と叫んだのだった。

横で寝ていた幾美子夫人は、露伴に向かって言ったという。

「文学者であるあなたが、原稿を書くために夜も眠れず悩まれるのに、私は決して口出しは致しません。でも本職でもない将棋に神経をすり減らすのを見ているのは情けなくて、堪えられないのです」

露伴は、この言葉を聞いて、将棋を指すのを慎んだのだった。


ところが、明治四十三(一九一〇)年四月、幾美子夫人は、結核で突然、亡くなってしまう。

そして、大正元(一九一二)年、児玉八代子という女性と再婚するが、この女性とはまったくうまく行かず、露伴は、再び将棋に熱中していくことになる。

大正五(一九一六)年三月、露伴は、小野五平名人から初段の免状を受け、翌四月には井上義雄八段から二段の免状を、さらに大正十一（一九二二）年には四段の免状を与えられるほどに力をつけたのだった。

そして、昭和七（一九三二）年頃から木村義雄に指導を受けた。

この頃、露伴はすでに六十代半ば、木村はまだ二十代だったが、露伴は将棋盤に向かう時、木村のことを「先生」と呼んだという。

さて、木村は、昭和十二（一九三七）年二月、第十四世名人に就任した。

その後も、露伴は、木村名人の指導を受けるのだが、昭和二十二（一九四七）年六月六日、木村名人は、塚田正夫八段に敗れ、名人位を失ってしまうのだ。

露伴は、すでに病床に臥せ、死は、目前にあった。

はたして、木村が敗れたという知らせを聞くと、「木村の馬鹿野郎！」と叫んだという。

露伴の死は、それからまもなく、七月三十日のことだった。

露伴は、はたして何段だったのか……昭和三十二（一九五七）年、露伴の十回忌に当たり、日本将棋協会は、露伴に六段を追贈している。

幸田露伴（一八六七〜一九四七）

江戸下谷三枚橋横町（俗称新屋敷、現・東京都台東区）に生まれる。子どもの頃、御徒士町の会田私塾に通って『孝経』などの素読を受け、東京師範学校附属小学校に入学する。

この頃から馬琴や種彦を耽読し、明治十二（一八七九）年、東京府第一中学校に入学するも、退学して明治十四（一八八一）年、東京英学校（現・青山学院大学）に入学する。仏典、経書から雑書まで読み漁り、宋学を学んだ。

父親に言われて電信修技学校に入り、給費生となる。卒業後電信技手となり、明治十八（一八八五）年には、北海道後志国余市に赴任する。

ところが、東海散士の『佳人之奇遇』、坪内逍遥の『小説神髄』『当世書生気質』を読んで、小説の道を志し、職を放棄して帰京する。

以後、厖大な作品を発表する。明治四十一（一九〇八）年には京都帝国大学文科大学講師を委嘱されるがまもなく辞め、明治四十四（一九一一）年には文学博士の学位授与。

昭和十二（一九三七）年には、第一回文化勲章を授与される。

第四章

その「皮肉」も効いていますね

谷崎はどこへ行っても贅沢三昧、岡本かの子と横光利一は子どもの会話。直木は変人、田中英光は太宰の墓の前で自殺を図る。『太陽の季節』で変わる文学、そしてまもなく寂しい人、万太郎が逝く。

「この人一人は、日本の男が、巨大な乳房と巨大な尻を持った白人の女に敗れた、という喜ばしい官能的構図を以て」

三島由紀夫が谷崎潤一郎に——

谷崎潤一郎

戦後二十年たって、戦争体験やら戦後体験やらがやかましく論じられているが、少なくとも昭和二十年当時十七、八歳以上であった人間にとっては、敗戦が一つの断絶と感じられていることは、たしかな事実と思われる。

しかし、そこにどうも一人だけ例外がある。この人ももちろん、戦時検閲の憂目を見、それなりの不自由も忍んだはずだが、傲岸不遜《ごうがんふそん》な芸術家の矜持《きんじ》を持ち、あらゆる人間に丁重で、あらゆる人間を虫けら同然に考え、みんなが豆カスを食べているときに尾頭つきのタイを食膳《しょくぜん》に載せ、生活全般を一流趣味で固め、日本古典文学の官能的な伝統を一身にあつめ、近代主義者たちの右往左往を冷たくながめ、政治をけいべつし、トーマス・マンが「自分のいるところにドイツがある」と言ったのとは多少ちがった意味で、「自分のいるところに日本がある」と確信し、すでに浪漫主義的天才であることを脱却して、ジュピターとサテュロスを兼ねた神になっていた。そしてあえて忖度《そんたく》すれば、大多数の日本人が、敗戦を、日本の男が白人の男に敗れたと認識してガッカリしているときに、この人一人は、日本の男が、巨大な乳房と巨大な尻《しり》を持った白人の女に敗れた、という喜ばしい官能的構図を以て、敗戦を認識していたのではないかと思われるふしがある。大きな政治的状況を、エロティックな苛酷《かこく》な、望ましい寓話《ぐうわ》に変えてしまうことこそ、この人の天才と強者としての自負の根源だった。

（「三島由紀夫　谷崎文学の世界」昭和四十年七月三十一日付「朝日新聞」夕刊）

「官能」という言葉ほど、谷崎潤一郎の文学に相応しい言葉はないような気がする。

ただ、「官能」が「肉体的、あるいは性的な享楽を充足する働き」という意味で使われるようになったのは、明治時代も末期になってからのことだった。

たとえば、北原白秋が明治四十二（一九〇九）年発表した『邪宗門』で「ここ過ぎて官能の愉楽のそのに」（「父上に献ぐ」）で使ったりしたのがその嚆矢である。

「官能」とは、もともとは、「動物の感覚器官の働き」をいうもので、医学書などで使われる専門用語だった。

森鷗外も『妄想』（明治四十四年）という小説で、「自分がまだ二十代で、全く処女のような官能を以て、外界のあらゆる出来事に反応して」と書いている。しかしここでは、谷崎のような「性的享楽」を言うところまでこの語彙は変化していない。

永井荷風の吉原通いや芸妓遊びを通して描かれる耽美な世界と谷崎潤一郎のねっとりとした官能の世界、これらを行き来しながら読んでいると、日本的なあまりに日本的な不思議な享楽的世界が襖の奥から聞こえてくるような気がする。

昭和二十（一九四五）年八月十三日、岡山市に疎開していた永井荷風は、福井県勝山市を訪ねた。

あいにく家に客が立て込んでいたため、谷崎は荷風を、近くの赤岩旅館に案内した。そして、旅館で夕食を済ますと、再び谷崎の家を訪ねた。

どこか安全なところ、できれば勝山に疎開ができないかという相談をするためだった。

荷風は『断腸亭日乗』に次のように書いている。

離れ屋の二階二間を書斎となし階下には親戚の家族も多く頗《すこぶる》雑沓の様子なり、初めて細君に紹介せらる、年の頃三十四五歟《か》、痩立《やせだち》の美人なり、佃煮むすびを馳走せらる、一浴して後谷崎君に導かれ三軒先なる赤岩という旅舎に至る、（中略）やがて夕飯を喫す、白米は谷崎君方より届けしものと云う、膳に豆腐汁、町の川にて取りしと云う小魚三尾、胡瓜もみあり、目下容易には口にしがたき珍味なり、食後谷崎君の居室に行き閑話十時に至る、帰り来って寝に就く、岡山の如く蛙声を聞かず、蚊も蚤も少し。

翌日、谷崎は、荷風と散歩に出るが、帰ってみると津山の知人から牛肉一貫（三・七五キログラム）が届いていた。

早速、谷崎は強飯《こわめし》を炊き、豆腐の吸い物を昼飯に出し、酒二升を求めて、すき焼きを作って夜九時半頃まで二人で歓談した。

翌日、荷風は岡山に戻るのだが、谷崎がすでに切符を買って用意し、弁当まで作ってあった。新見の駅で弁当を開けてみると、白米のおむすびに昆布の佃煮、牛肉の煮つけも入っていた。帰ると、知人の菅原明朗夫婦が、今日、戦争が終わったことを教えてくれた。

日記には、「恰も好し、日暮染物屋の婆、鶏肉葡萄酒を持来る、休戦の祝宴を張り皆々酔うて寝に就きぬ」。

谷崎は、三島が書くように、戦時中でも「みんなが豆カスを食べているときに尾頭つきのタイを食膳に載せ、生活全般を一流趣味で固め」るような食事をし、それを人に振る舞っていた。

さて、三島は谷崎を「自分のいるところに日本がある」等と言って「大きな政治的状況を、エロティックな、苛酷な、望ましい寓話に変えてしまうことこそ、この人の天才と強者としての自負の根源だった」と批評しているが、小宮豊隆は、もっと分かりやすく、谷崎の文学についてコメントを寄せている。

文章はある意味に於て完成せられたるものである、然かしながら其完成は上手と云わるる落語家の話し振に似たる完成である。渋滞がないと云う意味に於て、磨きの掛かった巧みさがあると云う意味に於て、調子が陽気に滑べって行くと云う意味に於て、然かも肌に触る程の生々しさを持つと云う意味に於て、上手な落語家の完成である。然しながら滑稽の奥に悲哀が籠もり平凡なる写実の裏に沁々《しみじみ》したる味ある名人の落語家に見る完成ではない、

（小宮豊隆「谷崎潤一郎君の『刺青』」〈「文章世界」明治四十五年三月号〉）

これは谷崎の初期の小説『少年』『幇間』『象』について書いた論であって、後期のものになれば、言うまでもなく谷崎の作品は完成度の高いものになるが、それは、はたして名人芸と称される落語の深さに共通するものがあるのではないだろうか。

文章の美しさ、言葉の裏側にある陰翳《いんえい》の深さ、それは谷崎にしか書けない日本の文化の根源への理解なくては産み出されないものがある。

谷崎潤一郎（一八八六〜一九六五）

東京市日本橋区蛎殻町の資産家の家に生まれるが、小学校を卒業する頃には、家は没落して中学にも入れてもらえないほどに困窮していたという。

教師の配慮で府立第一中学に入学し、大貫雪之介（岡本かの子の兄）と知り合い、文学に目覚める。一高英法科に入学するが、三年生の時、文学に専心することを決心して英文科に転じる。東京帝国大学文科大学国文科に入学後、大貫雪之介、和辻哲郎などと雑誌「新思潮」（第二次）を創刊して小説を書き、流行作家であった永井荷風に絶賛された。

大正十二（一九二三）年九月関東大震災を機に関西に移り、日本語ならではの感覚を生かした伝統的なもののなかに官能、耽美の世界を描き出した。

七十五歳になって書いた『瘋癲老人日記』においても、筆力の衰えはまったくみられない。その精神性の強さは、あるいはここに記したように、戦中戦後にも贅沢ができた余裕が産み出したものだったのかもしれない。

「まるで子供同志が話しているようであった」

菊池寛が横光利一に――

横光利一

菊池寛

文豪の語彙

いつか岡本かの子さんの家に、二人で遊びに行ったが、かの子さんと横光との問答を聴いていると、まるで子供同志が話しているようであった。
これで二人とも、小説がかけるのかと疑われる位であった。
（菊池寛「横光君のこと」〈「文藝春秋」昭和二十三年二月号〉）

「こども」を漢字で書くのに、最近は「子ども」と書いて「子供」と書いてはいけないということになった。

それは「供」に「お供をする人」「従者」の意味があるからだというのである。

もちろん、我が国の漢字の用法には、「供」をこのような意味で使うことがある。

ただ、「供」という漢字は、本来「恭しく供物を人に勧める」という意味で、そこから「お供えをする」「恭しい」という意味でも使われるようになった。

また、「口供《こうきょう》」という熟語もあって、これは、「自分から事情をあれこれ説明する」という意味で、とくに我が国では、裁判などで、罪人が事細かく自分がやったことを白状するような時に使われる。

しかし、これとて必ずしも、罪人のための言葉という意味で、本来使われたものではない。いろんなことを、人がペチャクチャしゃべっているということを表したものである。

「子供」と書いてはいけないと言われるが、私のように漢文を教えて口を糊するものからすれば「子供」は、子どもたちが連れだって遊んでいたり、たわいもないことを仲良く話しているような感じがするのだが。


「文壇の鬼才」と呼ばれた横光利一は、菊池寛の「文藝春秋」創刊号（大正十二年一月）に『時代は放蕩する（階級文学者諸卿へ）』というプロレタリア文学に対する批判を書き、また「新小説」に『日輪』を発表して注目を浴びた。

以来、「横光川端時代」と称され、また志賀直哉と並んで「小説の神様」と言われて文学青年の尊敬を集めていた。

敗戦直後の食糧難などで、胃潰瘍に罹り、腹膜炎で四十九歳の生涯を終えるが、もしも川端と同じように戦後も活躍を続けていたらどのような作品を作っただろうか……。

横光が、昭和十二（一九三七）年から昭和二十一（一九四六）年に掛けて分載した『旅愁』（戦中版と戦後版では単行本にかなりの異同がある）は、東洋と西洋、伝統と科学などの対立する思想を日本人としてどのように考えるべきかなどを論じたものであった。

菊池寛は、横光のことをこんなふうに書いている。

昭和二年には、横光、池谷（筆者注：信三郎）、片岡（筆者注：鉄兵）、久米（筆者注：正雄）などと一しょに、秋田から新潟に講演旅行したりなどした。この頃は、よほど親しく出入りしていたのであろう。その頃は、既に横光君は、最初の奥さんと死別していたのである。まもなく、僕の所へ出入りしていた小里さんと云う女性と恋愛した。この女性は、女子大の出身で文章も上手で近代的な女性であったが、異常な性格で、恋愛してからすぐ、横光の寝ている蚊帳の中へ「わたし、そこへ入ってもいい」と行って、一しょに寝た位奔放であったが、横光君と同棲しながら、ついに身体をゆるさないと云う女であった、こう云う女にかかっては、性愛技巧などは全然知らない横光は、どうにもならず相当悩まされたらしく、間もなく別れてしまった。

そのあと、間もなく現在の奥さんを知ったのである。その頃、有島武郎邸にあった文藝春秋社の離れで、横光君が、誰かと話している。相手は障子の陰にかくれているので、誰だろうと思ってのぞくと、若い女性だった。世にもこんなに美しい人がいるかと思う位、美しい人だった。今の奥さんである。文章などもうまく、その手紙は横光がいつか小説に使っていた。

（中略）

横光は、麻雀などもやったが、下手だった。尤もらしい顔をして考えた末に、とんでもないパイを捨てたりした。酒なども飲まず、花柳界などにも興味がなく、女性に対しても謹直であった。生涯を通じて、前後三人の女性以外に恋人など持たなかったのではないかと思われる。

（中略）

自分とは、三十年に近い交遊であるが、横光に対して、いささかでも不快な気持ちを持ったことは一度もない。

（菊池寛「横光君のこと」〔「文藝春秋」昭和二十三年二月号〕）

横光が戦後も生きていたとしたら、戦後の文壇は、きっとさらにおもしろいものになっていたのではないかと思うのだが、それは言っても詮無いことである。

横光利一（一八九八～一九四七）

父親は大分出身の土木技師で、利一は、父親の工事先であった福島県東山温泉で生まれた。父親は明治三十七（一九〇四）年、利一が六歳の時鉄道敷設工事のために朝鮮に渡る。そのために、母とともに母親の郷里、三重県阿山郡東柘植村（現・伊賀市柘植町）に落ち着いた。

三重県立第三中学校（現・県立上野高校）在学中は、体操、柔道、野球などのスポーツに秀でて、また講演部に属して校内の花形と呼ばれていた。

大正五（一九一六）年早稲田大学高等予科に入学したが、除籍、復籍、転科を経て、ついに学校を辞め、文学へと沈潜した。「文章世界」「万朝報」「時事新報」などに短編を投稿して入賞したりしているが、大正十二（一九二三）年、菊池寛の「文藝春秋」創刊とともに文壇にデビューすることとなる。

岡本かの子（一八八九～一九三九）

婚前の名前は、大貫かの子。東京市赤坂区青山南町の大貫家別荘で生まれた。大貫家は、神奈川県二子多摩川の大地主で、幕府御用商人であった。二歳年上の兄・雪之介は、晶川《しょうせん》と号して、府立第一中学の友人・谷崎潤一郎と第二次「新思潮」を創刊するほどの文学青年で、彼等の活動がかの子の文学熱を目覚めさせた。

かの子は与謝野晶子に師事し、明治四十二（一九〇九）年一月創刊の雑誌「スバル」同人として活躍するとともに歌才を認められた。

漫画家の岡本一平と結婚し、後「太陽の塔」などの作品で知られることになる岡本太郎を産む。

四十七歳になった頃から、まるで火山が爆発するように小説を書き始め、川端康成、林房雄らと親交し、文壇に影響を与えることになるが、四十九歳、脳充血に倒れて亡くなった。結婚後、自由奔放な恋愛をしたことで評判となった人でもあった。

「これは相当の面魂《つらだましい》だと自分は思った」

広津和郎が直木三十五に――

直木三十五

広津和郎

文豪の語彙

痩せた身体をきちんと坐り、お辞儀も碌《ろく》すっぽしない、無口な、無愛想な男であった。（中略）要件だけの話しかしなかった。「ひと癖ある男」という感じは、その頃からあった。これは相当の面魂だと自分は思った。

（広津和郎「直木三十五」〔「文藝春秋」昭和九年四月号〕）

「面魂」という言葉は、もう死語であろう。

「気迫のこもった顔付き、強く激しい精神や性格が顔に表れていること」をいう。

古く、『平家物語』（河原合戦）に「義経《よしつね》具して、武士は六人、鎧《よろい》はいろ〳〵なりけれども、面魂、事がらいずれもおとらず（義経を含めて武士六人は、鎧はそれぞれまちまちだったが、面魂や人品は優劣つけがたい者ばかりでした）」と使われている。

直木三十五という男の経歴を見れば、なるほど、変わった人だけど、面魂も凡人とは違っていたのだろうなと思わずにはいられない。

今、直木賞で知られる直木三十五は、とても変わった男だった。

中学時代、試験の時、監督をしていた教師から、字が小さくて読めないと言われると、翌日、わら半紙を一抱え持って現れ、一枚に一字ずつ大きな字で答案を書いて提出したという。

雑誌「日本及日本人」を全冊揃えて読み耽り、明治四十三（一九一〇）年第六高等学校の入試に失敗し、薬局勤めや代用教員になったが、翌年、親の反対を押し切って早稲田大学英文科予科に入学した。

ところが、卒業の年に、月謝未納で除籍となる。

しかし、そんなことなど直木にとってはどうでもいいことだった。

平然と登校を続け、卒業式にも出席し、校庭で、同級生と記念撮影に加わった。

本名を植村宗一というが、「植村」の「植」を二つに分けて「直木」とし、三十一歳の時に「三十二」として「時事新報」に月評を書き、以後、年を取るごとに三十二、三十三としてペンネームを変えたが、三十四を飛ばして「直木三十五」と決めた。菊池寛から、もういい加減、年と一緒にペンネームを変えるのはやめろと言われたからだと伝えられる。

大正十二（一九二三）年一月に創刊された菊池寛の「文藝春秋」に毎号、辛辣なゴシップを書いて、文壇の人たちから嫌がられた。

さて、直木三十五が亡くなったのは昭和九（一九三四）年の二月だったが、その追悼号である

「文藝春秋」四月号に、広津和郎は次のような話を載せている。

三番町の通の東郷元帥邸から少し市ヶ谷見附に寄ったところの右側の或路地の突き当りに彼の家はあった。

小さな庭の縁側から上って障子を開けると、そこの八畳の真中に大きな四角い囲炉裡風の火鉢があり、その火鉢を囲んでいつでも三四人乃至五六人の男達が坐っている。それはみんな債鬼《さいき》なのである。

印刷屋、紙屋、製本屋、かと思うと小間物屋、呉服屋（銀座の越後屋）等々。

その八畳の向うに何畳かの部屋があり、その奥に四畳半だか六畳だかの部屋が更にある。直木はその一番奥の部屋に寝ている。而も大胆不敵なる彼は、此方の八畳に債鬼共を待たせながら、その八畳から彼の寝ている部屋まで唐紙も障子も閉めずに見通しにして、悠然と寝ているのである。唯彼の寝ている夜具のところだけ屛風が立てまわしてある。自分は債権者と一緒に四角い火鉢に当りながら、彼の細君に向って、「まるでお通夜と言う形ですね」と笑った事がある。

債権者達は奥の屛風を眺め、時計を眺めしながら、彼の起きて来るのを首を長くして待っている。時々彼の細君に向って、「まだお起きにならないでしょうか?」と不平そうに言う。細君はにこにこしながら、「もうそろそろ起きるでしょう。無理に起すと機嫌が悪うござんすからもう少し待って下さい」と言って、決して彼を起そうとしない。

部屋は薄暗くなって来る。電灯がついて来る。「仕様がないな。じゃ明日まいりますから」一人二人としびれを切らした債権者達は立ち始める。

そうして債権者共がいなくなってしまうと、彼は悠然として屏風の中から起き出し、「みんな帰ったか?」とにこりともしないで細君に言いながら、火鉢の側に来て坐り、「やあ」と自分に向って言う。

中には頑強なのが一人二人、電灯がともっても執念深く帰らずにいる事がある。直木は起きて来ると、別段債権者達が眼にも入らないという平然とした顔をしながら、火鉢の側に坐り、煙草を吸い始める。「待たして気の毒だった」などと無論言いはしない。凡そ弁解めいた事は彼は口にするのが性来嫌いらしい。——債権者達はそこで彼に向って金の催促を始める。彼はエヤシップの缶から煙草を抜いては喫い、抜いては喫いしながら、債権者達の言葉が耳に入っているのか入っていないのか、無表情な顔をして返事をしない。

債権者達は揉手《もみで》をしながら哀願する。彼は返事をしない。債権者達は今度は腹立ち声で威嚇的な事を言う。彼は同じ表情でやはり返事をしない。泣いても怒っても笑っても怒鳴っても返事をしない。

「植村さん、それは余りだ、それじゃ、一体どうしてくれるのです?」最後に投げ出したように債権者が言う。

そこで始めて彼は顔を上げ、彼独得のぼそぼそした低い声で、「出来たら払う。今はない」と同じ表情で呟くのである。

債権者は泣きそうな顔をしながら、「ではよろしく御願いします」と言って撃退されて行く。「うん」と彼はうなずく。そして彼等が玄関口から出て行ってしまうと、彼はやはり同じぶっきら棒な表情で自分の方を振向き、「どうだ、花でも引こうか」

菊池寛も変わった男だと言われるが、直木三十五もとても変わった男だった。

著作として、薩摩藩お由羅騒動を題材にした『南国太平記』があり、これは映画化されて有名だったが、他に書いたものとしてよく知られるものはほとんどない。

ただ、人間としては、破格におもしろい人間だったのではないか。直木賞として名前が残るのは、菊池寛のお陰である。

直木三十五（一八九一〜一九三四）

本名、植村宗一。古物商を営む植村惣八の長男として大阪市南区内安堂寺町に生まれた。早稲田大学予科に進んだが学費滞納で卒業には至らなかった。代筆、美術記者、大日本薬剤師協会の書記などを務めたが長続きせず、神田豊穂の春秋社創設に係わり、『トルストイ全集』などを企画した。

早稲田派の自然主義作家に対しては毒舌を振るい、大正十三（一九二四）年頃から数年間、仇討ち物を専門に書きまくる。

月形龍之介や伊藤大輔などを世に出し、大衆文学の質的向上に大きな役割を果たしたとされる。

「日本人の恥さらし」

本多顕彰が田中英光の訃報に――

田中英光

文豪の語彙

十一月四日付の新聞の第一面は湯川秀樹博士がノーベル賞を授与されたことを報じ、第二面は小説家田中英光氏が太宰治の墓の前で睡眠剤をのんで左腕をカミソリで切り自殺を遂げたと報じている。ともに、日本の文化の日、十一月三日の出来事である。

これを読んで、冷たい風が頭の中を吹き抜けるのを感じなかった人は少ないであろう。湯川博士の受賞は日本人にとって一大朗報であるに違いない。ところが田中氏の死は日本人の恥さらしかも知れない。湯川氏はすべての日本人の顔を明るくし、田中氏はすべての日本人の顔を暗くし、あるいはしかめさせる。

（本多顕彰「科学と人間――湯川博士と田中英光」昭和二十四年十一月七日付「読売新聞」）

「睡眠」という熟語を見ると、それだけで眠くなってしまうという人も少なくないのではないか。「睡」は、「目」と「垂」で作られている。「垂」は、「垂《た》れる」と読む。つまりこれは瞼《まぶた》が垂れて、目を閉じることを意味する。

また「眠」の「民」は、もともと「人の目を針で突いて、目を見えなくしてしまった奴隷」を表す。つまり「眠る」というのは、目を閉じて、現実を遮断してしまうことである。

「睡眠」……それは、瞼を閉じて現実を遮断して、自分の心の中に入っていくことなのかもしれない。

そういえば、湯川秀樹の中間子の発見は、眠っている時に、夢の中で思い立ったと伝えられている。

田中英光は、東京市赤坂区榎坂町（現・港区赤坂）に歴史学者・岩崎鏡川の子として生まれた。聡明でスポーツにも秀で、早稲田大学政治経済学部在学中の昭和七（一九三二）年のロサンゼルスオリンピックに、漕艇の選手として出場している。

早稲田大学を卒業した後は、横浜護謨《ごむ》製造株式会社（現・横浜ゴム）に就職し、京城（現・大韓民国ソウル市）に出張勤務していた。

文学の世界になど入ることなどなかったら……田中は、ふつうに会社勤めのサラリーマンとして、一生を終えることはできたかもしれない。

しかし、同人雑誌「非望」に、小説『空吹く風』を投稿すると、これが太宰治の目に留まる。

そして、太宰は、京城にいる田中に「君の小説を読んで、泣いた男がいる。曽《かつ》てなきことである。君の薄暗い荒れた竹藪の中には、かぐや姫がいる。君、その無精髭を剃り給え」と書いた葉書を出すのだ。

こうして、太宰に師事する田中の生活が始まる。

昭和十五（一九四〇）年、田中は『杏の実』という小説を持って太宰の自宅を訪ねた。これを『オリンポスの果実』と改題して雑誌「文學界」に出させたのは太宰だった。

この作品は第七回池谷信三郎賞を受賞し、高山書院から太宰の序文をつけて出版された。

この後も、田中は次々に小説を発表するが、昭和二十三（一九四八）年六月十三日に太宰が自殺をすると、そのショックから次第に不眠症となり睡眠薬中毒となってしまうのである。

そして、ついに、太宰の自殺の翌年十一月三日午後五時頃、田中は、三鷹町下連雀二二〇番地（現・三鷹市下連雀）の禅林寺にある太宰の墓の前で、アドルムという薬物を飲んだ上で、安全剃刀で左手首を切って自殺した。

近所の子どもに発見されると、「とうとう見つかったか」と薄笑いを浮かべ、禅林寺の木村宣豊師のところにやってきてバタリと倒れたという。

知らせを受けて駆け付けた新潮社の編集者・野平健一によって井の頭病院に担ぎ込まれたが、九時四十分に死去した。

ところで、十一月七日付「読売新聞」を見ると、「流行作家とは?」というタイトルで、次のような記事が見える。

少し長いが、引用しよう。

田中英光が自殺した。あらゆる意味で窮地に追いつめられていた彼が最後の解決を自殺に求めたことは、何といっても痛ましいが、麻薬に中毒し、情人を傷つけて精神病院に入った径路を、強烈な自己反省もなくただむやみヤタラに書きまくって、それで一時彼が流行作家の観を呈したこと、流行作家というもののあり方が、現文壇では今やさような陰惨極まる性質を帯びて来ていることは、彼の不幸な死を前にして、一層考えさせずには置かない。流行作家とは一体何なのか?

流行作家はすべて窮死する運命にある、などといったら、今を時めく流行作家連はイヤな顔をするだろうが、しかしこれは冗談ではない。流行作家という現象は、半ば編集者に罪があり、半ば作家側に責があるが、要するに彼は「流行作家」という一種特別な生活を強いられた生活人なのだ。作家ではない、文学者でもない、流行作家という奇妙な「生活人」なのである。

だから彼は、生活を、つまり作品の質よりも作品の数を大切にする。無性に書きまくり、常時数多の雑誌上に名前を出すことによって市場価値を維持する。彼を追っかける編集者は、編集者というより今や協力者であって密接な因果あるいは利益関係が、そこに生まれる。そういう不思議な取引生活をするのが、流行作家であって、だから精神よりも生活力がモノを言い、生活力を失ってヘタバったら窮死するしかない。

生活の問題は生活の上で解決せよ。文学は自ら別のものだ。

湯川博士ノーベル賞受賞発表の日に自殺をした田中英光の死を、ここまで大きく取り上げたのは、「読売新聞」だけだった。

何か因果関係があったのかと、ついつい考えてしまう。

田中英光（一九一三〜一九四九）

東京市赤坂区榎坂町（現・港区赤坂）に生まれる。十三歳の時、父を亡くし、母方の田中の名を継いだ。

父・岩崎鏡川（また秋川鏡川、本名・英重）は、土佐郡土佐山村菖蒲（現・高知市土佐山菖蒲）出身の歴史学者で、『坂本龍馬関係文書』『武市瑞山関係文書』『後藤象二郎』『桜田義挙録』など土佐関係の維新史を著している。

昭和二十一（一九四六）年三月、日本共産党に入党した田中英光は、『戦場で聖歌を聞いた』と『桑名古庵』という小説を書く。

いずれもキリスト教に関係するもので、信仰の強さと美しさをテーマにしたものであるが、とくに『桑名古庵』は、土佐における最初のキリスト教徒、桑名古庵の殉教の真相を記したもので、父親の歴史家としての眼を譲り受けたように、冷徹に描いている。

この二作の後、田中は次第に、共産党党員が自分たちを絶対に正しい者と考えているということに対して反発を感じるようになっていく。『地下室から』という小説は、こうした視点で書かれたものであった。

評論家・花田清輝は、「政治か文学か」という愚劣な公式論は、この作品をもって終止符を打たれたと高く評価する。

酒と女と睡眠剤アドルムに溺れながら、田中は「自分の神」を求めて死んだと言われる。

「ほしいままな『性』の遊戯を出来るだけ淫猥《いんわい》に露骨に」

宇野浩二が石原慎太郎『太陽の季節』に――

石原慎太郎

宇野浩二

文豪の語彙

「太陽の季節」は、これまであまり読んだことのない、新奇なような感じがしたので、読みつづけてゆくうちに、私の気もちは、しだいに、索然《さくぜん》として来た、味気なくなって来た。それは、この小説は、仮りに新奇な作品としても、しいて意地わるく云えば、一種の下らぬ通俗小説であり、又、作者が、あたかも時代に（ジャナリズムに）迎合するように、このごろ無暗《むやみ》に流行している、「拳闘」を取り入れたり、ほしいままな「性」の遊戯を出来るだけ淫猥に露骨に、（そのほんの一例でも引用するに忍びないほど、）書きあらわしたり、しているからである。しかし、結局、この小説は、面白おかしく読ませるところはあるけれど、唯それだけの事であって、私がもっとも気になるのは、又、しいて穿って云うと、案外に常識家ではないかと思われるこの作者が、読者を意識にいれて、わざと、あけすけに、なるべく新奇な、猟奇的な、淫靡《いんび》なことを、書き立てているのではないか、と思われることである。

（宇野浩二　昭和三十〔一九五五〕年下半期第三十四回芥川賞受賞、石原慎太郎『太陽の季節』の選評〔『芥川賞全集　第五巻』文藝春秋〕）

「露骨」という熟語には、ふたつの意味がある。

ひとつは、戦死して戦場に骨をさらすということ。もうひとつは、「むきだしである」また「ありのままである」というものである。

小説『太陽の季節』での「性」の描写は、あまりにも「むきだし」で、当時の常識からは逸脱したものであった。

「露」は、もともとは、大気中の水蒸気が冷えて液化し、水滴となって物の表面に付着したものをいう。そして、露にさらされ、雨にさらされるものとして、まったく囲いもないということで「さらす」という意味で使われる。「戦死して戦場に骨をさらす」という意味で使われるのはこちらである。

ただ、「露」は透明な玉のようで、向こう側が透けて見える。

そこから「表す」「現れる」「透けて見える」という意味を持つようになり、「暴露」「露見」などの熟語でも使われるようになった。

「露骨」という言葉も同じで、「骨まで見える」また「骨が透けて見える」ということでふたつめの「むきだしである」という意味で使われる。

こんなことを考えると、性を描くなら、「露骨」ではなく「露肉」という言葉もあっていいのになぁと思うが、こんな言葉はもちろんない。

昭和三十（一九五五）年下半期、第三十四回芥川賞は、石原慎太郎の『太陽の季節』に決まった。この時、石原慎太郎は、二十三歳。一橋大学法学部に在学中だった。

『太陽の季節』は、この時すでに「文學界」の新人賞に選ばれていたが、芥川賞受賞に相応しいか否か、烈しい議論がなされた。

この小説のあらすじを少し記しておこう。

主人公・津川竜哉は、ボクシング部に所属する高校生で、自堕落な生活を送っている。ナンパした女の子・英子と肉体関係を持つが、英子が自分につきまとうのを面倒に思い、彼女を兄に五千円で売ったりする。

しかし、彼女は竜哉の子を妊娠していた。

そして、中絶手術を受けるが、手術は失敗し、亡くなってしまうのだ。

竜哉は、英子の自分に対する死をもってする復讐にどうしようもない怒りと哀しみを感じて、サンドバッグを撲り続ける。

『太陽の季節』は単行本化され、映画化されると、「太陽族」という流行語も産み出すほどの社会現象となるが、芥川賞銓衡委員のひとり佐藤春夫も芥川賞を与えるのは「反対」の意見を述べて次のような選評を書いている。

僕は「太陽の季節」の反倫理的なのは必ずしも排撃はしないが、こういう風俗小説一般を文芸として最も低級なものと見ている上、この作者の鋭敏げな時代感覚もジャナリストや興行者の域を出ず、決して文学者のものではないと思ったし、またこの作品から作者の美的節度の欠如を見て最も嫌悪を禁じ得なかった。これでもかこれでもかと厚かましく押しつけ説き立てる作者の態度を卑しいと思ったものである。そうして僕は芸術にあっては巧拙よりも作品の品格の高下を重大視している。

しかし、こうした意見のなかで、石川達三と井上靖は、強く、本作が芥川賞に相応しいと主張する。

石川達三はいう。

欠点は沢山ある。気負ったところ、稚《おさな》さの剝き出しになったところなど、非難を受けなくてはなるまい。疑問の点も少なくない。倫理性について、「美的節度」について、問題は残っている。しかし、如何にも新人らしい新人である。危険を感じながら、しかし私は推薦していいと思った。

また、井上靖は次のように記している。

石原慎太郎氏の「太陽の季節」は問題になるものを沢山含みながら、やはりその達者さと新鮮さには眼を瞑ることはできないといった作品であった。私自身好みとしては好きではないが、こんどの候補作中ではこれが出色であることは間違いないし、これが受賞作となる意味もはっきりしている。

宇野浩二や佐藤春夫という古い時代の人たちには、こうした作品はもはや堪えられないものに感じられたに違いない。今から思えば、これは、文学史上における世代交代を告げる一幕だったと言えるのではないだろうか。

石原慎太郎（一九三二〜）

神戸市生まれ。神奈川県立湘南高校を経て一橋大学法学部卒業。山田九朗・南博のゼミでフランス文学や社会心理学を学び、「一橋文芸」を再興する。ここに第二作として発表したのが『太陽の季節』である。この作品は第一回「文學界」新人賞を受賞し、ついで第三十四回芥川賞受賞。

それまでの文学青年とはまったく異なる戦後社会の転換を身をもって体現した「戦後世代」の旗手とされた。

一橋大学卒業後、東宝に入社するもまもなく退社、嘱託となる。弟・石原裕次郎とともにスターとなり、「太陽族」「慎太郎刈り」などの流行を生んだ。『ファンキー・ジャンプ』『鴨』などでは実験的な観念小説を描き、また『亀裂』『日本零年』などの長編小説、『挑戦』などの社会小説に及ぶ幅広い分野の小説、脚本などを書き映画監督も務めた。

政治の世界に入り、参議院議員、環境庁長官、運輸大臣、東京都知事、衆議院議員、日本維新の会代表、次世代の党最高顧問などを歴任した。

「寂しい人だった」

今日出海が久保田万太郎に――

久保田万太郎

今日出海

文豪の語彙

去年愛人に先立たれ、その通夜で「ひとり生き残ってもしょうがないよ、ね、何故慶応に入院した時（一昨年）僕は死ななかったんだろう。男が七十を過ぎて生き残っちゃ惨めだよ」と繰り返し、私の肩をつかんで言っていた。私も生き残った方がいいとも言えず、本当にそうですねとも相づちが打てず、返事に窮したが、久保田さんという人は寂しがり屋でだれか先生の傍に人がいた。敢て人を寄せつけていた。そのくせ家庭にいても、どこにいても独りもののように、自分で自分の用を足していた。豆腐屋が来ると、自分でなべを出して、買っていた。寂しい人だった。

（今日出海「詩人　久保田万太郎　シンの強い寂しがりや」昭和三十八年五月七日付「朝日新聞」）

「さびしい」には、二種類の漢字での書き方がある。「寂しい」と「淋しい」である。「寂」は、もともとは「静かなこと」「ひっそりとしていること」を表す。仏教用語として「寂《じゃく》静《じょう》」というのがあるが、これは俗世間から離れてひっそりと静かなところで修行をすることを意味する。こうしたところは、俗人には、独りで住むには寂しすぎて堪えられないだろう。そんなことから、「さびしい」という意味で使われるようになった。久保田万太郎に限らず、「寂しがり屋」は、人がいるところでしか生きられない。

それでは「淋しい」とは何か？

こちらは、中国の古典では「さびしい」という意味で使われることがない漢字である。もともとは「淋雨」と書いて「しとしと降る雨」、「淋淋」と書いて「水が絶え間なく滴る様」を表す漢字だった。

それは、「林」という漢字が「同じものがたくさん並んでいること」を表し、それに「氵」が付いているので、「水がいっぱい流れている」ことを意味するからである。

ということで、おそらくそういう風景が、日本人にとっては「さびしく」感じられたのであろう。「淋」は、我が国だけで「さびしい」の意味で使われている。

江戸浅草の袋物作屋の家に生まれた久保田万太郎は、漱石の弟子で、正岡子規から俳句を習った松根東洋城について俳句を学ぶ。俳号は初め暮雨、のちに傘雨。

慶応義塾文学予科に入学するが、この時、森鷗外・上田敏が顧問で、永井荷風が主任教授となって「三田文学」が創刊される。

久保田万太郎は、六月号に小説『朝顔』を、七月号に戯曲『遊戯』を発表し、新進作家としてデビューした。

しかし、それで作家として成功できたわけではなかった。酒に溺れるおもしろさなどを経験しながら、次第に、東京に生まれた人間にしか分からない「間」や「言葉」で、独特の雰囲気を描いた作家で、評論家の水上滝太郎は、久保田万太郎の作品を「情緒的写実主義」と呼んだ。

久保田万太郎は、芥川龍之介と仲が良かった。漱石の弟子、松根東洋城との関係もあったからである。

芥川の通夜が行われた昭和二（一九二七）年七月二十六日のことだった。

この日は、谷崎潤一郎、里見弴、泉鏡花、水上滝太郎、中戸川吉二、菊池寛、久米正雄、江口渙、豊島与志雄、佐佐木茂索、小島政二郎、瀧井孝作、高田保、三宅周太郎、室生犀星、広津和郎、横光利一、山本実彦など、文壇の関係者が多く集まり、芥川の家だけでは入りきれないほどになり、隣の香取秀真の家も借りて、通夜が行われた。

芥川が住んでいた田端には、蚊が多く、全部の部屋に蚊取り線香がモクモクと焚かれていた。

この夜、芥川家にいた久保田万太郎が、香取秀真に用事があって、香取家に行くと、玄関のところに斎藤龍太郎が立っていた。

そこで「香取先生はいますか?」と訊くと、「しばらく」と言って斎藤が引っ込み、やがて「蚊取り線香」の箱を持ってきて、久保田万太郎に渡したという。

久保田は吹き出しそうになったが、それを我慢して芥川家に戻ってきたという。

昭和十(一九三五)年、久保田万太郎の妻・京は、睡眠薬の量を誤って飲んで亡くなった。息子の耕一が結婚するまでは再婚をしないでおこうと独身を通し、昭和二十一(一九四六)年ようやく三田きみという女性と再婚をした。

しかし、耕一は昭和三十二(一九五七)年に事故で亡くなってしまう。

そして昭和三十七(一九六二)年には、愛人の三隅一子が亡くなった。

この時に、久保田万太郎は、「鮟鱇《あんこう》もわが身の業《ごう》も煮ゆるかな」という一句を詠んでいる。

昭和三十八(一九六三)年五月六日、画家・梅原龍三郎の家に呼ばれ、ふだん口にしなかった赤貝の寿司を頬張って誤嚥《ごえん》を起こし、慶応病院に運ばれたがすでに事切れていたという。

久保田万太郎（一八八九～一九六三）

東京市浅草区田原町（現・台東区雷門）に生まれる。府立第三中学校（現・都立両国高校）に在学中から文学に親しみ、慶応義塾大学文科予科に進学。永井荷風が教授となり、雑誌「三田文学」が創刊された。最初の小説『朝顔』、また最初の戯曲『遊戯』が「三田文学」に掲載された。また雑誌「太陽」に、小山内薫の選で戯曲が当選するなどして作家としてデビューした。日本放送協会理事、文化勲章選考委員、国際演劇協会第四回大会で日本代表などを務め、第八回読売文学賞、文化勲章などを受けている。死に際して、久保田万太郎は、全著作権を母校の慶応義塾大学に寄付している。

築地本願寺で行われた葬儀は、各界代表者参列のもと、文学者としては過去になかったほど盛大であったと伝えられる。

今日出海（一九〇三～一九八四）

北海道函館に生まれる。父は日本郵船の船長。東京・暁星中学を経て、東京帝国大学仏文科を卒業後、同大学法学部にも在籍した。また上野美術研究所で西洋美術史を研究する。劇団「心座」を起こし、映画の評論から監督を行い、明治大学文芸科でフランス文学を講じた。

戦後、幣原内閣、安倍能成文部大臣の時、文部省社会教育局芸術課長となり、また吉田内閣の時には、文部省主催第一回芸術祭の推進役を務めた。

当時の作家にしては、明るく洗練された教養人として礼儀正しいながら、心の強さとウィットのある諷刺を忘れない人として、高い人気があった。

おわりに

明治維新から百五十年を過ぎた。

文豪と呼ばれる人たちが現れたのは、明治になってからである。

文豪たちは、江戸時代までの文語文から写実的な言文一致を目指し、勧善懲悪が基調であった物語からリアリズムの文学を創り出した。

大きな時代の変化の波の中から、文豪たちは現れたのだった。

たとえば、泉鏡花の文章の間から漂うのは、女性の着物の内側に秘められた成熟した女性の濃厚な匂いと言われるが、彼は、独特の文体をどうやって手に入れたのか。

ただに江戸趣味の小唄や式亭三馬、滝沢馬琴などを敷き写しにしたものではない。鏡花はビゴーの絵やホフマン、スタンダール、メリメなどのヨーロッパ文学と格闘して、幻想的な色めく文体を産み出した。

森鷗外、夏目漱石などは、ドイツの美学や英文学などの学問的な研究を通じて、新しい日本文学の地平線を切り拓いた。

彼等、未開の境地を必死になって歩んだ文豪たちの中には、時には自殺し、時には金の無心をし、人の奥さんを好きになり、田舎者であることを丸出しにして人から笑われてしまう者もあった。

本書にも挙げたが、尾崎紅葉が泉鏡花に言った言葉に「お前も小説に見込まれたな！」というものがある。

鏡花に限らず、文豪と呼ばれる人々は、皆、「小説に見込まれ」て、前人未踏の苦闘の道を進んでいったのだ。


毎日、原稿用紙の前に座って、コツコツと言葉を埋めて行く。

〆切が迫っているのに、アイディアがまったく湧かない。

書けなかったらどうしよう。

……書いた物が売れればいいが、時間を掛けてどれだけ一生懸命書いても、お金にもならないかもしれない。

新しい物、これまで誰にも書けなかったものを書いて世界をアッと言わせてみせる……なんて豪語しても、書いたものを人はどう評価してくれるのか分からない。

鷗外も、永井荷風も、谷崎潤一郎、志賀直哉も、法に触れて発禁処分にされた。

せっかく、「これだ！」というものを書いても、発禁にされてしまうとそれは闇の中に葬られて、日の目を見ることはなくなってしまう。

言葉を武器に戦う作家たちの語彙には、血と汗に満ちた力が宿っているのである。

しかし、それにしても、文豪たちの悪態について書きながら感じていたのは、「綱渡りのような日々を送る作家が、悪態をつかないでいられないではないか！」ということだった。

本書でも少し触れた樋口一葉は、一心不乱になって一葉を助けた斎藤緑雨に対して、こんなことを日記に記している。

「正太夫（筆者注：斎藤緑雨のこと）はかねても聞けるあやしき男なり　今文豪の名を博して明治の文壇に有数の人なるべけれど　其しわざ、其手だてあやしき事の多くもある哉」（『新日本古典文学大系　明治編　二十四　樋口一葉集』〈岩波書店〉所収「日記（抄）」、二〇〇一年）

緑雨は、それは怪しい男には違いなかった。自分の居場所を他人に教えようとはしなかったし、少なくとも二十ほどのペンネームを使って文章を書き、誰が書いたのかを分からせないようにしたりもした。

しかし、緑雨の語彙力、そしてその筆力は、一葉をして「この男かたきに取てもいとおもしろしみかたにつきなば猶さらにをかしかるべく（この男は、敵にしたらおもしろいだろうが、味方に付けたらさらにおもしろいに違いない）」と言わせるほどだった。

そして何と、一葉は、自らの死に当たって、こうしたことを書き綴った日記を緑雨に託すのである。

人は独りでは生きられない。

悪態をつきながらも、文学者はやはり文学者に頼って生きていかなければならない道がある。

悪態をつきながら彼等が切り拓いた文学の道は、険しく、深く、重く、そしておもしろい。

彼等の生きた証として遺された書を、言葉に焦点を当てて読み解いていくのはとても有意義なことである。

もし、こうしたことを汲み取って読んで頂けたとしたら、本書を記した筆者にとってこれほどの喜びはない。

本書を書くにあたって、朝日新聞出版の編集者、松尾信吾様には大変お世話になりました。ここに御名前を誌して、心からの感謝を申し上げる次第です。

二〇二〇年四月吉日　　　菫雨白水堂　　　山口謠司拝

山口謡司（やまぐち・ようじ）

1963年、長崎県に生まれる。大東文化大学文学部教授。博士（中国学）。大東文化大学大学院に学ぶ。1989年よりイギリス、ケンブリッジ大学東洋学部に本部をおいて行った『欧州所在日本古典籍総目録』編纂の調査のために渡英。以後、10年におよびスウェーデン、デンマーク、ドイツ、ベルギー、イタリア、フランスの各国図書館に所蔵される日本の古典籍の調査を行う。その間、フランス国立社会科学高等研究院大学院博士課程に在学し、中国唐代漢字音韻の研究を行い、敦煌出土の文献などをフランス国立国会図書館で調査する。

著書にはベストセラー『語彙力がないまま社会人になってしまった人へ』（ワニブックス）、『日本語を作った男』（集英社インターナショナル、第29回和辻哲郎文化賞受賞）、『ん』（新潮新書）、『漱石と朝日新聞』（朝日新書）など多数。

文豪《ぶんごう》の悪態《あくたい》
皮肉・怒り・嘆きのスゴイ語彙力

2020年5月30日　第1刷発行

著者　山口謡司
発行者　三宮博信
発行所　朝日新聞出版
〒104－8011　東京都中央区築地5－3－2
電話　03－5541－8814（編集）
03－5540－7793（販売）
印刷製本　大日本印刷株式会社

ISBN978-4-02-331874-8
定価はカバーに表示してあります。